理系的

増田みず子
Masuda Mizuko

理系的◎目　次

第五章　本棚と散歩道

第六章　隅田川のほとりから

装画

朴栖甫《描法 No.070429》2007

Park Seo-Bo（b.1931）
Ecriture（描法）*No.070429*
2007
Mixed media with Korean *hanji* paper on canvas
162 × 195cm
Courtesy of the artist
Photo：Park Seo-Bo studio
Image provided by Kukje Gallery

＊

装幀

田畑書店デザイン室

理系的

第一章　理系と文系のあいだで

科学への憧れ

あわ雪の中に顕《た》ちたる三千大世界《みちおほち》またその中に沫雪ぞ降る

これは良寛さんの作った歌で、仏教の宇宙観を歌ったものだという話だが、私には、何となく科学が感じられて面白い。仏教と科学も何か重なるものがあるのだろうか。両方とも論が最優先されるという点で共通しているようにも思えるけれど。

望遠鏡で夜空の星を眺めながら宇宙の無辺広大を体感するのと同じ感覚に、顕微鏡で生物の細胞を観察したときにも包まれた経験がある。そのとき、私の頭や胸の中に、大宇宙のことも小宇宙のことも科学的に理解したいという強い思いが生まれ、同時に、何か得体のしれない大きな存在、つまり宗教的なイメージがいっぱいに広がったのである。そして結局は、私は、科学的知識を得る、という方向に頭を使うことが自分の性格として合っている、という結論を得た。それは小学校高学年か中学校の頃だった。

　その中心にあった私の根本的な欲求は、疑問を持つことと、答えを得ることだったように思う。

　私にはむずかしい話はできない。複雑な感情はあるかもしれない。だが複雑な考え方を楽しむ気にはなれない。疑問と答え。それだけで頭脳もいっぱいになる。そういうことを知った。また、受け入れられるものにずいぶん偏りがあるという実感もあった。

　古典よりも、科学観や生命観が感じられるような内容の文章の方が面白く読める。要は、感じ方、考え方、姿勢のとり方に、魅力を感じる、という自分の感性の偏りの問題らしい。自分の理科度文科度は、文章を読むときにも書くときにも、案外はっきり出るように思う。

　読む場合、小説を読むときには文章の質にはかなり寛容になれるが、評論関係の文だと私は内容よりも文章の品格を気にする。文章は人品であると私は信じている。文章にいやな感じのあるひとの論に耳を傾ける気にはなれない。

　科学的な記事を読むときには、文章にはまず期待しない。科学にたずさわる当事者たちは、ほとんど、不特定多数のひとに伝える文章を残した例がない。たいていは間にひとがたって、教師や翻訳者や通訳や解説者のように伝えるのである。科学者自身が世間にたいして何かを言ったり書いたりするケースがでてきたのは、最近になってからだ。

科学者は、言葉ではなく、実験や観察など科学的方法をメインに、教師から生徒に、先輩から後輩へと直線的に授受してきた。

一九九〇年頃、日本のバイオ技術の最先端の研究者である太田次郎先生にお話を伺う機会があった。そのときに先生がこれからは学者も社会倫理を自覚し、もっと自分の研究内容を言葉で公に説明する必要があるとおっしゃっていた。クローンや遺伝子組み換えなどの研究が進んで実用化が可能になってきた時期のことだった。実際、先生は多くの一般向けの本を書かれて、社会に最先端の技術を伝えることに貢献された。

だが先生のようにわかりやすい文章を書ける研究者は多くない。科学者は自分の好奇心を優先するひとが多く、論文や科学紹介の新聞記事などの多くも、教えるスタンスで書かれるので、名文が生れにくい。

私は、かつて医大で助手をしていたとき、論文の日本語をチェックしてほしいと学生によく頼まれた。彼らの文章は即断を避けるため逃げ腰でどっちつかずの文章に頼る傾向が強く、結果として意味を伝えるのに不向きな内容になっているケースが多かった。

私の書く文章は科学的でも文学的でもないと自分では思っている。できるだけ正確に伝えたいというだけの味のないものだが、文章というものは、正直かつ切実になると、ふしぎに味とコクがでて、理屈の通った気持ちのよいものになる、というカラクリがある。自分の文章がいつかそうなってくれれば、と思いつつ書いている。

小説を書くときの私は、科学論文の構造を骨格にしているように思う。目的と実験と結果と考察という段階を経ないと、ものを書いたという充実感が得られないのだ。

これまで好きで文章を書いてきたが、その好きの源は、目的をもつことと、その目的にむかって進み、最後にはゴールしてそのゴールをまた次の目的の出発点にする、という思考の流れが気に入っているというところにあるらしい。これはひたすらまっすぐ進む快感のため、と自分ではずっと思っていたが、いまこうして改めて書いてみると、永遠の堂々巡りといえなくもないと気づいた。堂々巡りでも直線的に突っ走るのでも、一つの場所にとどまっていたくない、という意味では同じではあるのだが。

私は科学者も小説家も、自分の興味に徹する人種だけがなれる職業だと思っている。そして私は、その両方を目指していた。子供の頃、小説家になりたい自分と、科学者になりたい自分がいて、それは正反対の道だから、どちらか選択しなければならないと真剣に悩み、将来の生活を考えて科学者への道を進んだ。一九七〇年頃に大学でウィルス学などを学び（いまではすっかり時代遅れの知識になっているが。そして当時は社会にウィルスのことを知らせようなどという気配は学内のどこにも感じられなかったが）、卒業後は医大の基礎医学の研究室に勤務した。しかし、そんな憧れの一つだった生活が実現できてからも、小説家になりたいという夢が消えてしまったわけではなかった。それで趣味として小説を書きつづけているうちに、それもいつの間にか職業にすることができるようになった。

科学者になりたい、科学を学んで科学的な考え方をするようになりたい、という夢をもったのは、育った環境の影響だろう。私の家庭では、学者がひとつの理想像だった。社会も、科学の進歩は豊かな知性と生活に直結する、というモダニズムに包まれていた。

科学は進歩しつづけ、生活は未来に向かって豊かになり続け、人間は成長をつづけ、地道な努力はいつかはむくわれ、正義は勝ち、やがては戦争がなくなり、世界は平和になるのだと、本気で信じていた。

そうしてその一方で、青春時代の私の読書は古今東西の小説本ばかりに偏っていた。本を読むことで、私は本の中にいる大勢の人間と出合い、知り合って、人々の感じ方や考え方を学べる楽しみに浸っていたのだ。

私がいちばんに、この世で切実に知りたいと思っていたことは、ひとはこう感じ、こう考え、こういう好みをもち、こう行動する、といったデータ集だった。そのデータから自分というものの実像をあぶりだしたがっていたように思う。妙ないい方だが、文学的にではなく科学的に自分を知りたいという気持ちが強かったと思う。

私が自分で思う理科と文科は、当時はまったく反対のもののように感じられた。だが、最近では、そっくりのようでもある、と思えるようになった。冒頭に紹介した良寛の歌のように、大きな宇宙のなかに小さな宇宙があるかと思えば、小さな宇宙のなかにも大きな宇宙があって、というようなことだろうか。

小説を読むときは文章に寛容だと先に書いたが、それは、小説は人間を描くものだからである。どんな人間がいるか、何を考えているか、それを読み書きするのが楽しい。

人間を描く、それは生き物の反応であり、また心の動きと言い換えてもいい。同じような言動のなかにも、細部では一人ずつはっきりと違う。その違いは予測しやすい面もあれば、予測不能の面もある。そのあらわれ方がうまく表現できるのは小説だけで、そこが小説のかけがえのない面白さだ。

科学は、心の動きということなら、動きを分析し、分類、整理し、定義づけしようとするだろう。心の微小な差異も、微細な物質の差異に置き替えることが可能だろう。

どちらも『人』を知る手段なのだ。文科系・理科系というのは、取り組み方の方向性の違いを指しているのであろう。

対象が心でなく、技術でも同じことだ。

何か魅力的な物体があるとしよう。そのしくみを知りたがるひとがいる。使いこなそうとするだけのひともいる。もちろん、知った上で使いこなそうとする人もいる。

どちらかといえば私はしくみを知りたい。使いこなせたらいいとは思うがそれにはあまり執着しない。いままでなかった、だからこれからもなくても不便ではないと考えるたちだ。で、結局、調べられることは調べ、あとは、自分なりの想像をふくらませて楽しむというタイプだ。

それは文学的なのか理科的なのか。

ちなみに良寛さんの歌の解説に、主観対客観、心対物、人間対自然の微妙甚深な相関を暗示象徴している、とあったが、それは理科と文科、感情と理性、主観と客観の、相手があって自分がある、切っても切れない因縁深い間柄も、みな同じことなのだろうと思う。

（「図書」二〇〇四年五月号）

文学と科学

巡り合わせで、この世にあるもののなかで小説がいちばん好きだと思いながら育って、運よく、小説家になりたいという夢がかなった。

小説が好きだと思いはじめたのは小学生のころだが、それとまったく同じ時期から、生き物の命のことが気になりだした。それは、生化学的な興味であったように思う。

命を、イメージや文学的な表現でなく、数値や形質として明確に表すことはできないものだろうか、というような思いがあった。

小説に興味を持った最初のきっかけも、命が実感できるような気がしたからだ。

それ以来、四十数年ずっと、生命をテーマに、小説的興味と科学的興味の間をさまよい続けている。子供のころ、小説家と科学者のどちらになりたいか悩んだように。さまよっているだけで、何の進展もないうちに、科学者になる夢をあきらめて、ずるずると小説家になっていいった。もっとはっきりした進展を求めて努力を続ける人間だったら、きっと、生物学者になっていたのだろう。自分の場合は、小説が好きなのと、生命の科学が好きなのと、根は同じだと思っている。

小説というものは人間の行動や心のことを書いて、生命の輝きや陰りを表現するものだと思っている。科学のように数値化するのではなくて、言語化するのだ。福田恆存《つねあり》がいったように、小説は人間の心がつくりだしたものだから、事務的な言語ではなく、心にぴったりするような言葉で書く。

科学も人間の探究心から生れた学問だから、やはり人間の心にぴったりした好奇心や手段で研究を進めてゆくべきものなのだろうと思う。

たったひとつしかない自分の命のことが気になってしかたがなかったのは、小学生から中学生にかけてのころだ。自分の命と自分との関係はどうなっているんだろうと首をひねって考えたが、なかなか実態が把握できなくていらだった。

子供だからたいしたことを考えていたわけではない。つまりは死ぬのがこわかっただけだったのだろうと思う。それで命のことを一生懸命に知りたがった。

自分の頭のなかに突如わきおこってくる種々の感情や思考や好奇心などのこと、人と自分との類似と相違、家族の生物的な関係などを、生化学的に解明できないものかと思った。自分と他人の命はなぜ互換性がないのかとか、なぜ一度死んだら生き返らないのかとか。そんなことを考えて堂々巡りするのが好きな子供だった。

ふしぎに、そういう興味が、科学の本ではなく、小説を読むとある程度は満たされる、ということがだんだんわかってきた。というより、小説のなかの生命に関する理屈を拾い読みしたのだ。

生物学の研究者になりたいとはっきり思ったのは、大学進学時だ。生命のことをもっとくわしく知るためには、自分で研究するのがいちばんの早道だと思ったからだ。

本当は小説家になりたかったが、それは進路希望ではなく、夢だった。

大学は農学部に進んで、植物病理学の分野でウィルス学を専攻した。卒業後は、大学医学部の生化学研究室に就職して、研究技術員という職業を得た。セルロプラスミンという銅タンパク質や、フェリチン、ラクトフェリンなどの鉄タンパク質の研究をしたが、七年かけてもほとんど何の成果もあげることができなかった。

せっかく生物学者への道が開けたのに、自分は研究者には向いていないような気がして、仕事をさぼって小説を書くようになった。

小説を科学的な方法で書きたい、という新しい夢が生まれていた。そう思いながら書き上げた最初の習作は思いきり感情的な青春小説だった。夢中で書くうちになぜかそうなってしまったのだった。

しかし医学部で実験をしたり、小説を書いたりして暮らすうちに、たしかに自然科学系の好奇心を持つ人々と、文学的好奇心を持つ人々と、まるで別世界のように分かれて住んでいる、という気がするようになった。医大につとめていたとき知り合った多くの人々は、基本的に知りたがり屋であった。たとえばコーヒーメーカーが新商品として世の中に出現すると、そのしくみをみなでワイワイいいながら解明してしまう。解明するまで、ああだこうだと考え続けるのをやめない。

また、工夫もよくする。実験道具などは、必要を感じると、てまひまを惜しむことなくうまく工夫して自分で作ってしまう。

小説の分野で仕事をする多くの人は、機械のしくみなどにはほとんど興味を示さない。そして全体として人間以外の物への好奇心そのものが薄いような気がする。

それ以外のことは、私にはよくわからない。小説を書くのには、共同作業とか共同研究というものがないので、また、自分の独創性を売り物にする商売なので、他人のことはわかりにくいのだ。

しかし文学と科学とは、渾然一体としているという実感が私にはある。分けて考える方が私にはむずかしい。

小説も科学も人間社会が生み出した事柄であるから、このふたつが関係ないということはありえない。

実際、小説と科学の関係が、面白く書かれている本がこれまでに何冊も出版されている。

もっとも、科学の本に小説のことが書かれることはまずないが、文学系の本には科学のことが時に登場する。

古いところでは科学が発展しはじめた時代に、作家たちが未来の科学社会を空想で描きだしている。ただその当時は科学の進歩それ自体がテーマであって、人間の心のことは二の次にされていることが多く、いわゆる文学臭は希薄である。しかしそんなことはどうでもいいほど、面白い。それが当時の人々の心だったのだろうと想像すると、未来を夢見る力の強さと正確さに圧倒されて、何度読んでも思わず夢中になる。

日本では、夏目漱石が小説のなかに科学と科学者を取り込んでいる。高等学校の教師をしていた時代に、教え子の一人に、後に物理学者になる寺田寅彦がいた。その関係を小山慶太という人が『漱石とあたたかな科学』という本のなかで実に興味深く描いている。

寺田寅彦は漱石作の「落ちさまに蛇を伏せたる椿哉」という句に刺激されて、椿が落花したときの花の向きについての物理実験をして論文を書いたらしい。科学に刺激されて小説を書く人は少なくないが、その逆のめずらしいケースだろうと思われる。

誰でも知っている通り、漱石は寺田寅彦をモデルにしたと思われる人物を小説のなかにたびたび登場させている。『吾輩は猫である』では若き物理学者の水島寒月になり、『三四郎』では「現実世界と交渉のない」実験にあけくれる野々宮宗八となり、マドンナ美禰子を失恋に追いやる。

漱石は、寺田寅彦を介して科学の世界を知り、科学者にまず興味を抱き、それから科学トピックス的なことに興味を持つようになり、わからないことがあると寺田寅彦に問い合わせていたらしいことも、この本に詳しく書かれている。

夏目漱石は科学に憧れを抱いていた人のようだ。ただ私が読んで感じる限りでは、ただ科学に憧れてその知識を取り入れたがる傾向は強いが、その好奇心の本質は、科学的ではなかったように思う。つまり自ら科学的な研究をしたいと思うような人ではなかっただろうと思う。小説のなかで効果的に新味として使うというにすぎない。漱石の小説の主人公たちは、どうも科学者としては向いていなさそうな性質の人間たちばかりである。

漱石の思考は小説的で、どちらかといえば、迷路のなかを歩くような感じで思考を巡らせることを好んだのではないだろうか。その方が思考も感情も複雑に働き、より人間味があると考えていたような気がしてならない。漱石の小説のテーマの中心は屈折する心にあると思うからだ。何に屈折するかは状況に応じてだが、とにかく彼の主人公は実に情緒的なことで屈折しやすい。屈折した心を思うことが生活のなかで最優先される。

もし漱石自身が科学をやるとしたら、研究以外の些細なトラブルがもとで挫折するしかないのではないか、と私などは勝手に想像して楽しんでいる。彼はどうも手先が器用ではなさそうだから、実験が下手だろう。また癇癪持ちらしいから、忍耐を要する実験は無理だろう。実験がうまくいかないときにいらだって、試験管やビーカーなどをたくさん壊しそうである。

漱石以後、科学は日常生活をかえる方向で進みに進んできて、どちらかといえば、人間の生活のなかから、小説を読む時間と夢見る時間とをけずりとる結果になった。

横光利一の『機械』や、安部公房の『砂の女』などに私はほのかな科学のにおいを感じるが、それ以外には科学と文学のよい融合は日本近現代文学にはあまり見られず、理科系出身の小説家も少しは増えてきたのに、そういうものに限ってかえって科学的でない作品になりがちで、小説と科学は結局のところＳＦ小説という狭い接点でしかつながらないという印象を深めた。だがＳＦは私たちの生活に重ならず、異世界で活躍する超能力物ばかりを描き、現実離れの傾向を強くする一方であった。

けれども、ごく最近になって、ユニークなＳＦが登場してきた。北野勇作という作家の書くＳＦは、今のところ童話的ではかないが、私のイメージとしてはこれまでで最も自然な形に科学と文学が融合した作品群に思える。これがベストであるといいきる勇気はないが、未来を開く新しいドアがつくられたのはたしかだと思う。

（「学燈」二〇〇二年十月号）

細胞

人によって様々ではあるだろうが、小説を書くために必要なものというのはいくつかあると思う。小説を書き出すためのきっかけといってもいいし、発想のための踏み台といってもいいようなものだ。

私の場合は、何を大事に思って暮らしているか、という自覚。とくに気になっているのが、生き物のこと。生命観という言葉に置き換えてもいい。価値観または美意識でもいいけれど、とにかくその基本は生命にたいする姿勢のようなものであるらしい。

そして私の抱いている生命のイメージというのは、細胞のイメージがもとになっているような気がする。

長く退屈だった学校生活で、細胞に関する授業を聴いたときだけ、こちらのアンテナが珍しく敏感に働いたような記憶もある。何か体のなかの大事な部分が刺激されて、ささやかな化学変化のようなものを起こし、消えない跡が残ったようである。

おおげさなことではないけれど、その記憶が、生命の謎へ私の関心をつないでくれたと思う。むろん、のちに『シングル・セル』というもっともらしい題名の長編小説を書くとは、考えてもみないことだったけれど。

ともかく細胞という言葉を知ってから、それをひとつ覚えのように、生命を考えるときの足掛かりにしてきたような気がする。

顕微鏡を使い、玉葱の細胞をはじめて見たときの奇妙な興奮は、いまでも記憶に鮮やかだ。ふしぎの国の入口に立ち、おそるおそる奥をのぞきこむような感覚。そこに、思いがけなく広々した感じで開けていた世界の美しかったこと。

やがて私は、魔法使いになった気分を味わえる機会にも恵まれた。東京農工大学に進学して植物病理学を専攻した三、四年生のとき、ただの葉っぱのきれはしから完全な植物をつくり出した。最近もてはやされているクローンのことだ。

なぜ、葉の破片が、根も葉も茎も備えたちゃんとした植物に育つのか、とうとう理解できないままだった。

その後も似たような経験が続いた。方法や技術の進歩が先行し、いろいろな難しい実験も可能になり、たくさんのデータが出る。でも、生命は気まぐれでつかみどころがない。謎は謎のまま。少しも解明されたという気分にはならない。

細胞は生命を構成するユニットというふうに私は覚えているわけだが、イメージの方は小説を書くようになってからはめちゃくちゃになっている。自分勝手に思い描いているのは、生命というのは光りのようなもので、細胞とは一種、工場で大量生産された精密な機械の部品、というようなことだ。その思いこみにはもちろん何の根拠もないし、自分自身、どこから湧いたものかわけがわからない。だがそれが、私が生命のイメージを抱く合図のような役に立っているのだし、人にいうわけでもないのだから、好きなようにしていよう、とも思っている。

おかしなものである。私自身もちゃんと生きている一個の生物なのに、その私が「生命」をふしぎがり、理解できずにもどかしがっている。

なんだかこっけいな矛盾だ。だが生命というのは、そういうおかしなものだという気が、だんだんしてくる。

無数にいる人間のひとり。無数にある生命のひとつ。自分が生まれてくる以前に、無数の命が生まれ、そして死んでいった。そうして次々と新しい生命が、先行した生命のコピーとして生まれてくる。コピーではあるけれど、独立した別の個性を持つ生き物たちとして育ち、やがてまたコピーを残して死んでいく。

そのようなことを漠然とでも考えていると、神妙な気持ちになってくる。そしてなぜか、目に映る景色が美しく色鮮やかに感じられてくる。生まれる前のことや死んだあとのことを思うと、心が広くなり、優しくなれるような気がしてくる。つまり、自分がこの世界という大きな生き物の、細胞の一個になったような気分、といえばいいのだろうか。

自分が結局は可愛いように、そう思うと、この世界を何とか好きになれそうな気がしてくるのだ。

私は、せっかく生まれて生きているのだから、この世のなかのことも自分のことも、できれば好きになった方がいいと思っている。だから、なるべく命のことを考えて暮らすようにしているし、その方がどうやら小説も書きやすいようだ。

整然と並ぶビルの窓を、細胞のイメージに重ねるのも楽しい。磨きあげられたばかりのガラス窓が、朝日や夕日を浴びて輝いている美しい姿。でも、その窓の奥で何が起きているか。何が起きてもふしぎはないし、何もおきなくてもおかしくない。でも想像力を働かせて、窓のひとつひとつに別々の物語を思い浮かべることもできる。

今の私は、科学に命のふしぎさが解明できるとは思わなくなっている。

小説でそのふしぎさと向かいあっている方が楽しいと思うようになってしまったし、それでよかったとも思っている。

（「自由時間」一九九一年二月号）

最先端の瞬間

生命というものがどうにもふしぎに思えて、命の研究をする科学者になるのが夢でした。現在は科学者ではなく作家という職業についていますが、私は科学の最先端に立っている、と実感できた幸福な瞬間に二度恵まれました。

一度目は、大学生の卒業研究のときです。私は府中にある東京農工大学の植物防疫科という三十人のクラスに在籍していました。三年生になると卒業研究にとりかかります。

卒業研究の相談をするために、指導教官を訪ねますと、「君、チャレンジ精神がありそうだから、世界ではじめての研究というものをやってみませんか、やる気があるのなら、いいテーマがあるんですがね」と、いきなりいわれました。

私は全然、優秀な学生などではなかったけれど、そういわれて、みょうに感激しました。きっと、科学の進歩に自分も参加できるチャンスが突然目の前に降ってわいたので、興奮してしまったのだと思います。

ふつうの日本人として考えるとき、日本の科学の、あるいは世界の科学の最先端はどこなのか、という事実自体が皆目わからないことが多いのです。でも私は正真正銘、世界ではじめての研究を一九七二、七三年にやりました。テーマは、「タバコ病葉のカルス継代培養によるウィルスフリー植物の育成」というようなものだったと記憶しています。

農作物は圃上で各種のウィルスに汚染されやすいのです。汚染されると収穫量が激減したり、花の色が変わったり、葉に斑が入ったり縮んだりします。ところがウィルスは細菌と違って薬剤が効かず、大変困った問題でした。それで、汚染された株は廃棄し、ウィルスに汚染されていない新しい株を植え直すという方法がとられていたのです。

それでもっと効率のよい方法が種々模索されていたのですが、なかでも「生長点のカルス培養法」というものが開発されて実用化もされていました。植物の生長点だけを切り取って、試験管内で無菌的に培養し、細胞を増殖させて、それを新植物として育成する方法です。植物の全体がウィルスに汚染されていても、生長点だけは生長が速いために、そこだけは無垢だという理由からです。

その旧来の方法に対し、「世界初」の方法は、小さな小さな生長点ではなく、いくらでもある普通の葉を使います。しかもウィルスに汚染された葉で構わないのです。

葉を小さく切って、試験管内に入れ、適当な養分とある一定の濃度の生長ホルモンを与え、これも一定の温度と光のもとで養います。すると緑の葉の切り口から細胞がむくむくと育ってきて、白っぽい大根おろしのかたまりのようになってきます。この増殖した細胞をカルスといいます。1㎝四方の葉が、一週間ほどすると、1㎤ほどになります。これの元気のよさそうなところを少しだけ切り取って、新しい試験管に移します。そしてこれをまた前のようにしばらくの間養います。これを六、七回繰り返しますと、だんだんウィルス濃度が薄まってきて、ついには、ウィルスがまったく検出されなくなります。カルスは増殖が速いので、ウィルスの増殖が追いつかなくなるからです。

こうしてできたウィルスフリーのカルスを、今度は、前とは異なる濃度の生長ホルモンでしばらく養いますと、あらふしぎ、大根おろしのかたまりのなかから、糸より細い根が現われてきます。そしてまたこれをさらに別の濃度の生長ホルモンで養いますと、そのうちに、小さな緑の葉が出てきます。そして次第にその根と葉の間に茎らしきものが見えてきて、それらがつながってきます。

小さな植物が完成しますと、それをまた1株ずつ取り分けて、試験管内で無菌的に育成します。

大きく育ったところで、ウィルス濃度を調べます。ウィルス濃度は、植物をすりつぶして、ササゲという植物の葉の表面にそれを塗って調べます。ウィルス濃度に比例した数の斑点がササゲの葉に生じます。過敏感反応というもので、ササゲは、タバコモザイクウィルスに襲われると、過敏に防衛本能を発揮して、ウィルスの触れた部分だけ、細胞が自殺をします。そうするとウィルスはその細胞に閉じ込められて身動きも増殖もできなくなり、転移もしない、というシステムです。ウィルスの存在そのものは、電子顕微鏡で確認します。府中にある農学部から、電子顕微鏡のある小金井までゆきました。現在はどのような電顕が普及しているか知りませんが、私が使ったのは、部屋いっぱいの機械が一台の電子顕微鏡でした。ひとつのサンプルを映しだして撮影するのに、十分か十五分くらいかかったような記憶があります。

これが私の世界ではじめての研究で、成功したのかしなかったのか中途半端な結果でしたが、1㎝の病葉から7体の無病植物をリサイクルできたのがその成果のすべてです。この研究のキャッチコピーは、「ウィルスまみれの葉の切れ端から、迅速かつアバウトに大量の健康植物を育成できる画期的な方法」ということでしたが、考えてみれば、従来の生長点培養法との比較をまったくしなかったのですから、ずいぶんいい加減でした。

でもその後、五年くらいたったころでしたか、指導教官から連絡がありまして、私のやった研究にいろいろ足して学会で研究発表したから、君の名前も連名にしておいた、ということをいわれました。

あれから三十年もたちました、カルス培養についての記事などを読むたびに、あれは本当に私が世界ではじめて試みたことだったのかしらと、くすぐったいような不思議な気持になります。

卒業して後、小説家になる前の数年間も、私は科学者のタマゴのような職についておりました。そこでもやはり、まだ誰もやったことのない研究というものをこつこつとやっておりました。そしてこれは、みごとにうまくゆきませんでした。それでも、同僚と共同でやった仕事のなかには、やはり、科学の最先端に立っていると実感できるようなものもありました。

いまはコンビニエンスストアでも売っている糖の消化吸収を阻害するタイプのダイエット薬の試験研究をやったのが、いまから二十年前でしょうか。やはりそのころ、血中にある微量フェリチン（鉄貯蔵タンパク）の測定方法を研究する手伝いをしておりました。内臓に障害が出ると血中のフェリチンが増えるということを利用して、ガンの早期発見に役立てようというのです。あれもいまごろは実用化されているのではないでしょうか。

科学は、枯木に花を咲かせる花咲爺のようなもので、魔法そのものだと思います。魔法は、使い方によって、人々の希望にもなるし、恐れの源にもなります。

作家になってから、科学畑出身の作家ということで、何人かの科学者のかたとの対談などをしたことがあります。そのときに感じたのは、科学者は、自分の仕事のことを話すときには生き生きしているが、科学者の話を聞く立場としては、相手のいうことをうなずきながら聞いているだけしかない、ということでした。理解が及ばないので、何もいえないのです。そのことが、いやというほどわかりました。

科学は進む一方のもので後退しない、と思います。それだけに、科学者の使命には、研究だけでなく、現在の科学の到達点と進んでいる方向と問題点などを、説明することも含まれているのではないでしょうか。場合によっては、その進行を止める勇気と実力を、もつべきだと思います。科学者も我々も。

（「科学」二〇〇一年四・五月号）

生命と小説

わたしは子供のころからずっと、他人が動いたり、植物が育ったり、虫や動物が動いたり、自分が考えたり感情的になったりすることが不思議でならなかった。どうして他の人は、こんな不思議なことを考えないのだろうとも思った。

ところが、わたしのすることや考えることは、「変わっている、人と違う」などと人に指摘されることの方が多かった。人と違う考え方しかできないらしい自分に、ひそかなコンプレックスを感じていた。

人と違う点をチェックすることが、わたしの思考の始まりだったかもしれない。そして問題を追求する形で、考えを文章にするようになった。

面白いのは、文章を書く段になると、今度は人と自分のずれを目立たなくするという当初の目的はどこかに消えて、差や違いをむしろ強調する方向に考えが動いていったことだ。自分が人と違うことを証明するために書いているような気がした。それが快感につながっていった。

矛盾だらけの人間

自分のなかだけでさえ、人と違うことがコンプレックスになったり、快感になったりする。人間というものは一種類の生き物といわれているのに、なぜ同じ考えかたや感じ方をしないのか。人間が知恵のある高等な生き物だというのなら、なぜ無駄なことばかりしたがるのだろう。わざと人の邪魔をしたり、嫌ったり、好きになったり。喧嘩をしたり。

自殺を考える生き物である矛盾だらけの人間。考えるほどわからなくなって、わたしはとりあえず考えることをやめた。考えているだけでは、結論が出そうもなかったからだ。せっかく生物学という学問がある。そこを覗いてみない手はない。

生き物はどんなしくみで動き、成長し、老化するか。死ぬというのはどういうことか。死なない方法は本当にないのか。そのようなことがわかるのを期待して進学した。

卒業後もわずかな期間だがその分野での仕事をしてみて、あきらめた。やればやるほど、知りたいことが指の間から洩れて遠ざかっていくような気がした。

命というものを丸ごと実感でとらえる方法として小説がいちばん自分に向いている、という気がした。好きな小説を読んでいるときが幸福だったし、生きている実感を楽しむことができたからだろうと思う。

運よく小説を書いて暮らせるようになったのだが、それにしても人間が人間のことを知るのが、なぜこんなに難しいのか。わたしはつくづくそう思い、ねらいをしぼることをようやく思いついた。

生きていることの違和感がなくなればいいのである。それなら小説のなかで自分が充足できる話を作り出せばいい。

でも、それはきりのない作業になった。生きているものは、いつも変化している。体も感情も。わたし自身の好悪でさえ。一つの設定で充足し続けるのが無理なのだ。

だから最近は、自分が生き物であるという実感を得られるように書くしかないと思うようになっている。

自分が命そのものであると実感できれば、あとはただ生きればよいわけで、命がどうだ生き物がどうだと考えあぐねることもなくなるのではないかと思う。もっとも、そうなると、小説のなかみはどう変わっていくのか見当もつかないのだが。

小説と命とは切り離せない。命の不思議にこだわり続けたわたしが、小説を書くようになったのも、偶然のなりゆきではなかったようだ。

「小説は人間を書く」といわれる。人が一番あきらかになるのは、命の輝くときだろう。命を失うかもしれない現実に直面した瞬間。病気、犯罪、愛、戦争など。人の命が最大限にふくらむ瞬間を、作家はとらえようとして、いろいろに物語を工夫してきた。

でも最近の小説の特徴は、自分の命が輝かないもどかしさを訴えているものが多いようだ。夢中になれない、本気になれない、何もやる気がしない、恋ができない。このことからしても、ひたすらなものを生き物は望むようで、命が小説の材料になっていることに変わりはないといえるかもしれない。

命の気配

去年、わたしは少しだけ人の命というものに触れさせてもらったような気がする、貴重な経験をすることができた。

夫の祖母は百歳になる。白寿の祝いの会があり、わたしも出席した。その前の年にこの祖母にあったとき、わたしは髪を撫でてもらった。きれいな髪だねえ、といっていとおしそうにわたしの髪の束を手にとって見入っていた。そのときわたしは何だか自分の体のなかを、祖母が過ごしてきた百年分の命が、ふわっと通り抜けていくのを感じて、ひどく緊張した。

そしてそれからあまり日を経ずに、今度は生まれて十日ほどしかたたない赤ん坊を抱く機会に恵まれた。ふだんあまり人にあわずにくらしているわたしとしては、大変珍しい経験だった。赤ん坊の沐浴を見にこないかと誘われたので、飛んでいったのだ。

百歳の祖母とゼロ歳の赤ん坊の間に、やはり風のように流れている命の気配のようなものを感じた。わたしは神妙になって、わたしがもらった百歳の人の息吹きを、赤ん坊にも伝えようと、ついじっと見つめてしまった。

百歳の人も、赤ん坊も、命そのものであるという感じをわたしは受けた。それを感じたとき、わたし自身も命のかけらであるという実感をもった。

この実感を素直に小説にあらわすことができたら、わたしの小説は命を持ち、生き始めるのではないかしらと、勝手に考えている。

（「グラフィケーション」一九九二年二月）

変

つい先日、すずめが車にはねられる瞬間を目撃してしまった。地上から離れることのできない犬や猫が車に轢かれるのは、ときどき見聞きする。だが「鳥のように自由に……」と、自由の象徴のようにいわれる鳥が、そんな目に遇うことがあるとは考えてもみなかった。それを目撃してしまったのだから、結構ショックを受けた。

高速道路を走っている車のフロントガラスに、逃げ遅れた羽虫が叩きつけられて死ぬのも、交通事故死であることに違いはない。その場合と同様に、たまには、車のスピードに不慣れな鳥たちが、巻き込まれて死ぬこともあるかもしれない。

しかし私が見たのは、そういう想像からはかけ離れたものだった。

場所は自宅の近所の狭い道路。倉庫街の行き止まりのような一角で、車の出入りも多いとはいえない。猛スピードで走り抜けるような車もない。

その白いバンも、のろのろと付近の倉庫から出てきて、道路に入ってきた。スピードはせいぜい二十キロ程度だったと思う。

すずめは、路上を歩いていた。餌をついばんでいたのか、遊んでいたのか、とにかく車が間近に迫ったので、空に飛び上がろうとした。あまり慌てた様子はなかったから、さすがに都会のすずめで慣れているなと私ものんびり感心していた。

それが間に合わなかったのだ。舞い上がった直後、上がりきらず、バンパーあたりにぶつかって、そのまま落ちた。それを後輪が轢いていった。

車を運転していた人間には、何も見えなかったはずだ。むろん、衝撃も感じなかったに違いない。白いバンは、ゆっくりとスピードをあげて走り去った。

低いとはいえ、空を飛んでいるすずめが自動車に轢かれたのだ。自分が見たものが信じられないというのはああいうときのことをいうのだろう。

私が空白の頭に一瞬思い浮かべたのは、あるエッセイの一部分だった。

その筆者は確か高架線を走る電車に乗っていて、窓の外を眺めていた。すると、ある建物の窓にライオンが見えた。びっくりした。東京の街の、びっしりと建物とその窓の並ぶ風景のなかに、突然ライオンが出現したのである。当然びっくりするが、むしろ見たものが信じられない。思わず周りを見る。同じ車両にはほかにも乗客がいて、窓の外を眺めている人もいる。ところが誰ひとり、驚いている様子の人はいない。車内のどこにも動揺した雰囲気はなかった。

もう一度、窓の外に目をやる。むろんさっきの場所はとっくに通り過ぎている。でも、確かに見た、とその人は自分にいい聞かせる。半信半疑になってはいるからこそ……。以来その電車に乗るたびに、目を皿のようにしてライオンのいる窓を探す。だが、二度と見つけることはできなかった。人にいっても犬か何かと見間違えたのだろうとか、見た気がするだけだとなぐさめられたり、笑われたり、どうにも釈然としないのだが、見つけることができない限り、どうしようもない。

そういう内容だった。

私はそのエッセイが好きで、最初に読んだときに受けた深い印象が、そのまま新鮮な形で今も胸に残っている。自分にも似たような経験があったからだと思う。なぜか人と一緒にいても自分だけ違うものを見てしまうことが多い。人に確認をとろうとしても、そんなものは見なかった、見間違いだろうと軽くいなされてしまう。

あの、自分の頭が急に空っぽになって、体が軽くなっていくようなあてどのない感じは、経験のない人にはわからないだろう。

しかし、この際はむしろ見間違いであって欲しいと願っている私の視線の先には、あいにく確かな証拠である死骸が残っていた。

車と人の通行の途切れた、妙にしんとした時間が長く続いた。心細くなって、誰かほかの人にも私と一緒にその光景を見て欲しいと思うのに、周りには誰もいない。ずっと離れたところには、声高に笑っている主婦の集団がいたり、向こうの大通りには車が途切れるひまもなく走っているのに、なぜか私の周囲だけ、ぽっかりと静まっている。

死骸は、不思議なほど形が崩れずに残っている。それなのに、内臓が飛び出している。信じられないという思いのとき、感情は案外動かないものだ。私は久しぶりに、高校の理科の実験でやらされたカエルの解剖のことを、いやに鮮明に思いだした。

それから間もなく、やはり近所を散歩しているときに、ある中華料理屋の厨房の排気口につけられた丸い屋根のようなところで、悪戦苦闘しているハトを見た。そこは、ほとんど平らなところはないのだが、なぜかハトはそこが気にいっているらしい。

狙いを定めて飛んでいくのだが、何せ着地するのが丸みをおびた急傾斜なので、滑り落ちてしまうのである。しかも、すでに一羽が着地に成功してすっかりいすわっているところへ、さらに割り込もうとしているのだからどだい無理な話なのだ。

(「文学界」一九九〇年九月号)

街の生き物

机に向かっていることが多いので、できるだけ毎日、散歩をするようにしている。早足で二十分も歩くと、涼しい日でも汗ばんできて、気分も良くなる。原稿もすらすらと書けそうな気になるのだが、それが錯覚でしかないのはいつも思いしらされている。

日頃の運動不足が解消できればそれ以上望む必要はないが、歩くことによって街が見えてもくる。これがメリットかどうかはわからない、見なければよかったということも少なくないのだから。街には、日常的にささやかな異変が起こっているらしい。

先日、すずめの交通事故を目撃してしまった。犬や猫なら珍しくはないが、すずめというのは初めてであった。それも、空を飛んでいるすずめが自動車に轢かれる事故だった。

場所は倉庫の並ぶ一角で、明るい土曜日の午後だった。人も車も通っていない路上を、すずめが歩いていた。餌があるとも思えない場所なので、私は歩く速度を落としてすずめを見ていた。そこに白いワゴン車がゆっくりと走ってきた。歩いている私に気を遣っていたのか、ほとんど徐行の速度である。車がすずめに近づき、すずめも空に舞い上がった。

ただ、タイミングが悪かった。すずめが遅すぎた。ゆっくりの車より、なおのんびりと飛び立ったため、数十センチ上がったところに車が来た。空中でフロントグリルに衝突したすずめは、地面に落ちて後輪に轢かれた。おそらく運転していた人はまったく気がついていなかっただろう。

夢を見ているようだった。しかし、車の通り過ぎた後には、真新しいすずめの死骸が残されている。なぜ、あんなに近寄ってくるまで、逃げようとしなかったのだろう。そういえば、摑まえられそうなほど近くを歩いても、逃げないすずめの方が多くなったような気もする。

この話を親しい編集者にしたらびっくりされた。つい数日前に乗ったタクシーの運転手が、すずめを轢いたとこぼしていたばかりだというのだ。それを聞いたら、ゾッとした。

私が住んでいるのが下町と呼ばれる地域のせいか、散歩の途中で犬によく出会う。この犬も、最近不思議に思うものの一つだ。

吠えようとしない。犬は吠えるものというのは、昔のことなのだろうか。散歩の途中で会うどの家の犬も、周囲の人間に対して無関心のようだ。無関心を装っているだけかもしれないが、視線すらなげかけようとしない。

珍しく放し飼いになっている犬がいる。その一匹がいつのまにか子供を生んだ。しばらくすると子犬も路上を歩くようになる。そのまだ小さな犬が、私に吠えた。その時、吠えられたことにではなく、吠える犬がいたことにびっくりした。

私の顔を睨み、尾を立てて、歯を剥き出して唸り声をあげた。私が一歩近づくと唸りながら後ずさりをした。親犬の方は、その様子をまったく見ようともしていなかった。

それからしばらくして、その道を歩いた時に子犬を探してみた。親犬に追いつきそうなほど成長しており、私の顔を見ても吠えようとはしなかった。それどころか、ろくに顔を見てもくれなかった。

昔の犬はよく吠えたような気がする。吠えられるのがいやで、回り道をしたことを覚えているほどだ。最近の犬は吠えないし、いつも鎖に繋がれていて諦めきったような顔をして坐っている。人と目を合わせるのを避けているようでもあり、表情も悲しそうである。

すずめも犬も人に最も近しい存在の生き物だった。生活共同体ともいえよう。昔からすずめと人の生活空間は、ほとんど重なっている。犬にしても、人の忠実な友だちとして、長いこと共に生活してきた。

すずめは人の近くに寄ってはきても、追い払われることが多かったため、一定以上近づいてはこなかった。犬は逆である。人に対して精一杯感情をぶつけてきた。

犬は人を無視できない性格のはずではなかったのか。危険を察して素早く逃げるのがすずめではなかったのか。

人に最も近い存在の生き物たちが、少しずつ変わってきているようだ。街の中ではごく小さな異変なのだろうが。

こうした異変は、はたして動物だけのものなのか考えてしまう。人も変わってきているのに、自分ではそれに気がつかないだけなのではないだろうか。

最近、街を歩く時は、通りかかる人やガラスに映る自分の姿や表情が気にかかるようになってきた。

（「経済往来」一九九〇年十月号）

幕張メッセの月ロケット

この夏、自分の大変な勘違いから、昔なつかしい月ロケット、アポロを見ることになった。「アメリカン・フェスティバル『スミソニアン博物館』展」でのことだ。会場の幕張メッセに行くのも初めてだった。めったに人込みに出ることのないわたしが、電車を何度も乗り継ぎ、乗る電車を間違えたりしながら、期待に胸ふくらませて出かけていったのだが……。

スペースシャトルが向井千秋さんを乗せて無事に帰還したばかりの時期でもあり、スミソニアン博物館展の目玉であるアポロ十四号司令船や宇宙服に、入場客の多くが、熱い視線を送っていた。今から二十三年前に、人間を宇宙に運んだ人工衛星や宇宙服は、思いのほか無骨で、ごつごつした感じだった。居心地も着心地も、見た限りではよくなさそうだった。それにくらべるとさすがに、テレビで見たスペースシャトルの向井さんの様子は、すべてにスマートで、わたしが子供のころに夢想した宇宙旅行そのままにかっこよく見えた。しかしいずれにしろ、宇宙旅行は二十三年前のアポロの月面着陸のときから想像ではなく本物の現実になったのであり、展示されていたアポロには、本物の迫力はあった、と思う。

アポロを見られたのはそれなりによかった。しかし会場を見渡して、わたしはがっかりしてしまった。わたしが本当に見たかったのは、アポロではなかったからだ。

どうしてそう思ってしまったのかはわからないが、そのスミソニアン博物館展に、ヴェルヌの名作「月世界へ行く」の月ロケットが出品されていると勘違いしていたのだった。むろんヴェルヌの月ロケットが実物であるわけはなく、昔、映画化されたときのセットの写真を、どこかで見て覚えていたのだろう。そしてわたしはいつしかそれをスミソニアン博物館が所蔵していると思うようになっており、さらにテレビで流されたアポロの映像がそれだと短絡して、日本に来ているのならどうしても見ないわけにはいかない、と思いこんだのである。

しかし仮にアメリカのスミソニアン博物館にあったとしても、今回のフェスティバルのテーマはアメリカの歴史と文化なのだから、運ばれてこないのが当たり前だ。なぜなら、ヴェルヌはフランス人なのだから。どうしてそんな簡単なことに気がつかなかったのだろう?

こうした類の思いこみは時々するのでそれほど驚かないが、今度みたいに、大変な混雑のなかを月ロケット見たさにがまんしてようやく目的地にたどりついたあげくに、間違いに気づくのでは、結果として受けるダメージは大きくなる。実際、ひどい状態だったのだ。人出のわりに会場が狭く、見物もままならない。ただ入口から出口に向けてのろのろと進むだけ。勘違いに気づいた時点で会場を抜け出せればいいのだが、一方通行の構造上それもできない。そのあとも人波にもまれながら歩いた通路の狭くて長かったことといったらなかった。しかし幸い後半からは、写真でなく現物の展示が多くなり、遠くからでも一目で内容がわかるようになったので、否応なくアメリカというものを感じさせられるはめになった。

馬二十頭で引っ張ったという巨大なコンバインや、様々に改良を重ねられた電化製品。女性の衣服や、西部開拓時代の騎兵隊が用いた品々、日本へ開国を迫るために出かけていったペリーに関係する品々。

アメリカは広く、新しい天地を求めて人々が集まった若い国である。アメリカン・フェスティバルの会場とは反対に、土地が広いわりに人間は少なかった。畑を耕すにも何をするにも力ずくでなければ仕事が進まなかった。省力化の歴史でもある。展示されている品々は、よく見ればすべてが、力による征服と、その成功がもたらした生活文化の豊かさのあかしなのである。

そのような風土に生まれ育った者は、広い空を見れば、憧れるよりも征服したいと考えるかもしれない。それは月だろうともっと広い宇宙だろうと同じことなのではないだろうか。

日本で育ったわたしは、月を見ても行って日の丸の旗を立てたいとは思わない。じっと眺めて美しさを味わっていたい。今でも満月にはウサギの影を見ることができるし、かぐや姫が住んでいると考えるのも好きだ。月を見るのに団子があれば、もっといい。

アメリカの設備によって宇宙を体験した日本人の向井さんは、「子供のころから宇宙にいきたかったので、夢がかなって喜んでいる」という意味のコメントをした。わたしは会場で人波にもまれながら、その言葉を思い浮かべていた。同時に自分も宇宙にいきたいという夢を抱いていたことがあったのを思いだした。だがそれは、アメリカンドリーム的な、実現の可能性のある夢ではなく、見果てぬ夢でしかなかった。

ソ連の人工衛星が初めて月の裏側の写真をとったのは、わたしが小学生のときのことだ。あのときの衝撃は今でも忘れない。不可能なことが可能になる瞬間というのはあるものだと思った。人はその八年後に月に行くことができた。しかしその場合の「人」には自分が含まれているわけではない。人類は科学によっていろいろなことを可能にしたが、その科学の担い手に自分が混じることができるとは、考えていなかった。

スミソニアン博物館からの展示品をじっと眺めているうちに、もしも自分がアメリカという国に生まれていたならと考えてしまった。そうしたら、もっと楽天的に、将来は科学者になりたいとか宇宙飛行士になりたいとか、素直に夢を抱いて、そのための努力をすることができたかもしれない。実際、そんなふうに努力している自分の姿が見える気がした。ふしぎな感覚だった。

ヴェルヌの月ロケットというものが本当にあるとして、それを見たらどんなことが考えられるのか、いつか機会があればためしてみたいものである。

（「文学界」一九九四年十月号）

虫の変身

初夏のころのことだ。わが家の前にバス停がある。バス停と並んで大きく育った街路樹のプラタナスがある。その木陰でバスを待っていたときのこと。心地好い風が吹いてきて、葉が揺れた瞬間、白い虫が、目の前をフワリと落ちた。葉の縁にいたアメリカシロヒトリの幼虫と思われる。落ちた先を見ると、どうやらつぶれもせずに無事に着地した様子だったが、そこはアスファルトの歩道の真ん中である。幼虫は、ここはどこなのかとでもいうふうに体をくねらせて、しばしあたりを見回すようなしぐさをした後、落ちた木から遠ざかる方向にヨタヨタと進みはじめた。土は木の根本の数十センチの範囲にしかない。そこには草も多少生えている。隣の木までは少なくとも十メートルある。前は交通量の多い広い通りで、そちらに迷いこめばひとたまりもなくタイヤの下敷きになるだろう。歩道に沿った側にはびっしり建物が並んでいる。歩道は、人が二人並んで歩くと自転車がすれ違えない幅である。

おそらくその虫は木の上で生まれてずっと木の上で暮らしてきて、アスファルトの道など突発的な初体験に違いない。違う環境へいきなり投げこまれて、虫はどんなふうに感じているのだろう。命の瀬戸際にたっていることが実感できているだろうか。無事に木の上にいたとしても鳥やほかの虫に食われてしまう率も高いのだろうが、アスファルトの歩道の上に落ちては助かる見込みはない。

単純な発想ながら、そのときわたしが思い浮かべたのはカフカの「変身」だった。人間がいきなり虫になるのも、虫が突然葉の上からアスファルトに落ちたのも、存在の危機という意味ではたいして変わらないレベルの生の不条理であるように思えたからである。人間にとって心地のよい風が、小さな虫にとってはとんでもない強風に相当するのだ。そして虫にとっては人間は凶暴な恐竜みたいに見えるだろう。

幼虫は生まれ故郷の木をうしろにして、車道から逃げるように、建物の方に向かっていた。人間の靴に踏みつぶされて死ぬか、飢えてひからびて死ぬか、どちらがラクだろう。拾いあげて葉の上に戻してやりたい気もし、ひと思いに踏みつぶしてやりたいような気もしたが、わたしは何もせずにずっと見ていた。災難とか事故とかいうものは、こんなふうにのどかにのんびりとやってくることもあるのだなあ、などとも思っていた。

アメリカシロヒトリの幼虫が道に落ちているのを見て、幼虫が災難にあっていると思って同情する人間はいないだろうし、可愛いから、あるいはかわいそうだから拾って帰って、飼ってやろうなどと考える人間もまずいないに違いない。虫に変身した家族を見ても、哀れに思うよりは、やっかいな荷物をかかえこんだと頭を抱える方が自然かもしれない。まして虫になった者の立場にたって考えるなどということは、できるはずがない。拾って、葉に戻してやることぐらいは簡単にできるはずなのに、わたしは触るのが気持ち悪かった。そのくせ虫の行方についての好奇心は働くのだ。

虫が歩道を渡りきって、バス停の前の空き家の壁にとりついたとき、ちょうどバスが来たので、わたしは慌ててバスに乗った。

翌日、又バスに乗る必要があってバス停にいったとき、思いだしてあたりを捜した。するとバス停の前の空き家の二階の近い外壁に虫が一匹とまっているのが見えた。きのうの虫にマジックか何かで印をつけておけばよかったと後悔したが、ほかに虫は見当たらなかったので、証拠はないにしても、多分前日の虫だと勝手に思いこむことにした。

行き場がなくてそのまま上へ上へと這いのぼっていったのだろう。見上げると、例のプラタナスの木はその家の二階に葉を触れるように立っていて、虫はもう少し上までのぼれば、あるいは風の具合で、うまくいけば、葉が壁に触れている部分があるのだった。それとももっと上までいって、虫が飛び降りることができれば、葉の上に落ちることができるかもしれないのだった。そんな場面を見ることを期待して、わたしは虫の行方を眺めていた。虫は相変わらずヨタヨタと、壁を上に向かって登っていったが、だんだん木から遠ざかる横壁の方向に進んでいく。その方向を見ると、家と家の隙間の向こうに、空き地があって、草が生えている荒れた庭のようだった。虫はそこまで行きつけるだろうか、とドキドキしながら、わたしはまたバスに乗った。その翌日またそこに行って捜したが、虫はもう見つからなかった。あの虫が生きていればそろそろ羽化して成虫に変身している頃だが、無事にプラタナスに卵をうみつけることができただろうか。

（「ユリイカ」一九九五年九月号）

第二章　生命の響き合い——立派に生きること

生命倫理の問題を思うとき、思い浮かべる光景があります。二〇〇〇年の新年に、東京上野にある不忍池に出かけていったときのことです。不忍池には日本に珍しいカワウの大コロニーがあると人に聞いたので見たくなったのです。コロニーは水上動物園の中にあって、たしかにたくさんのカワウが岩の上などに止まって羽をやすめている姿を見ることができました。でも、どのウも空を睨むようにじっとしているばかりで、動こうとしません。あまり近くに寄ることもできないので、私はすぐに飽きて、水上動物園を出て、隣り合った池之端をぶらぶらと歩いてゆきました。池には枯れ葦が水面から無数に突き立っており、その間を縫っておびただしい数のカモが泳いでいました。まさにひしめきあうという状態でした。じっと止まっているカモなど一羽もいません。ウとは対照的な、実に活気があって騒がしい光景が、池全体に広がっています。エサをやっている見物客が何人もいました。カモにエサをやろうとして投げると、カモメがぱっと群がり集まって、水面に届く前の空中でさらってしまいます。ヘリコプターのように羽をはばたかせてその場に浮かびながら、エサを持つ人のすぐ目の前にとどまっているカモメもいます。エサの持ち合わせのない私の近くへも、エサを要求するように飛来しては去ってゆきます。

圧倒されて、思わず逃げながら、命あるものは貪欲だなあ、とついおおざっぱな感想を口にしてしまうほどでした。

水辺伝いに歩いてゆくと、ある場所で、ほかの楽しげな賑わいとはちがうちょっとした騒ぎが生じていました。

陸にあがったところで鳥たちが争っているのでした。鳥のケンカを見るのははじめてではありませんでしたが、せっかくの機会ですから、私は見物することに決めて足を止めました。しかしすぐに胸が苦しくなりました。ただならぬ様子なのです。逃げる一羽のカモを別の一羽が執拗に追い回して、くちばしで突っついているのです。まったく一方的でした。やられている方がようやく相手の攻撃から身をかわして群れの中に逃げ込むと、今度は群れの中の一羽が交替するように、その一羽をさきほどと同じように突っつきだしました。見るからにいじめです。しかもひどく執拗でした。やられている方は反撃の気配も見せず、ただ弱々しく逃げまどっているだけです。よく見ると、その一羽はひどく弱っている様子で、よろよろしていて毛のつやもよくないのです。羽も何だかバサバサしているし、心なしか体も他にくらべて細いし、足の運びも頼りなかったのです。

その一羽には逃げ場がありませんでした。逃げてゆくと、また新たないじめ役が出現して、どこまでも追われます。

私にもだんだんわかってきました。その一羽は病気か、けがをしているにちがいありません。渡り鳥のカモは、弱って団体行動のとれなくなったものを、仲間と認めないそうです。弱って、脱落して、どこかで養生して元気を取り戻してから、また仲間のところへ帰っていっても、受け入れてもらえない、と聞いています。群れは、そうやって弱いものを排除することで、群れ全体の力が弱まることをふせいでいるということでした。それがカモの生命倫理というものなのでしょう。

のどかな光景の片隅で行われているその排除の現場は、実際に自分の目で見ると、正視できないほどすさまじいものでした。

人間の世界もなかなかどろどろしています。老いた親を殺す子供も、幼い子供を殺す親も少なくありません。病気を苦にして自殺する人もいます。老人や子供や女や、弱い者をねらって強盗したり暴行したりする者も急増しています。

たとえば絶滅間近のトキは、残り数羽になったときでも、弱った仲間を追い払おうとしていじめたでしょうか?

命は天からの授かりものという言葉があります。かけがえのない大切なものであるから、おろそかに扱ってはならない、と私も考えます。そういうふうに子供のころから教えられて育ちました。命あるものを傷つけてはならない、弱い生き物は守ってやらなければならない、というふうに。必要なときには命がけで戦わなければならない、とも。人は一人では生きられないのだから、皆と上手に仲良く暮していかなくてはならない、ということが人間社会の大前提でしょう。そこのところをのみこんでいれば、生命倫理の基本ラインは、必然的にフェアプレイ精神ということになるのではないでしょうか。

ただ何といっても、誰でもまず自分の命が一番大事ですから、人を押しのけてでも自分だけは助かりたいと思う気持ちをどうしようもできません。自分が助かるためにはどんな手段でもいとわない面も、愛する人を助けるためなら自分の命を捨ててもかまわないと思う面も、両方、自分の心の中にあるのを感じます。その二面だけでなく、生命に対する私の実感は、時と場合に応じて、ミラーボールのように様々に変わります。きっと自分がひどくせっぱつまった状態に置かれないかぎり、大事なことは何ひとつ決められないのでしょう。そして早急に答えを出さなければならないようなせっぱつまった状態に置かれた場合でも、最適の答えを出せるとはかぎらないのでしょう。

毎日のように弱い者が加害者にも被害者にもなる犯罪が生じ、一向に戦争はなくならず、科学が進んで、生命観を変えざるを得ないような発見や技術開発が続きます。この数年、私自身の頭の中と心の中で、脳死はどうなのか、臓器移植はどうか、体外受精はどうか、と困惑が続いています。真剣に悩まざるを得ない問題が山積みしています。でもいくら真剣に考えても、答えが出ません。

正直にいえば、そんなことは私が判断してよいような種類の問題ではない、と思っています。専門家にまかせればいいというつもりもありません。そのときその社会のなかで、迷いながら、おずおずと、最善と思える考え方と方法に身をまかせるしかありません。迷うことが大切だと思うのです。あきらめがつくまで迷えばいいのです。

私は生命の謎解きを求めて、はじめは生物学を学びました。医科大学に勤めながら、生化学の勉強をしました。しかし勤めて七年目に、そこの上司である老教授が、鉄が腸内の粘膜から吸収されるのにタイムラグがあるという事実を発見するためだけに四十年かかってしまった、と溜息をつきながらいうのを聞いて、生物学をあきらめ、小説家に転身しました。私はもともと小説を読んで人間の生命の謎にひかれたのです。何の進展もなく謎解きの出発点に戻ったわけです。

新聞によると、一九九九年の年の暮れの最後の一週間の東京の死者は、二〇〇〇年の新年の最初の一週間の東京の死者にくらべずいぶん少なかったそうです。そして例年にくらべ二〇〇〇年の最初の一週間の死者はずいぶん多かったそうでした。

人の命は、二〇〇〇年まで生きたい、という気持ちだけで、こんなふうに伸縮するのです。生命倫理を考える原点はこうした場所におかなければならないと私は考えています。

私は小説家ですから、小説の中で登場人物たちの生命に対する思いを幾例かここに紹介したいと思います。

小説は、人の心がつくりだしたものだと、福田恆存がいっています。私もその考え方に賛成です。生命倫理も人の心の問題に帰すると信じます。人の心は人の心に呼応して動きます。心のともなわない言動は心が拒否します。私はそのへんのバランスが生命の本質のようなものじゃないかと考えています。

私自身は生命をそのように感じていますが、ほかの人がどう感じどう考えているか、正直いってよくわかりません。こんな大きな問題を一人で考えるには限度があります。

自分の命の実感というものを深く掘り下げて書くようになったのは近代文学からといわれています。生命倫理を語るには、真っ先に生命をどう認識するかという問題に頭を突っ込まなければなりません。それを抜いては何もはじまりません。

それはやはり文学の得意分野でしょう。文芸評論家の高橋英夫氏と古屋健三氏がその著作の中で新鮮で魅力的な言葉で語っていますから、その言葉を借りて考えるヒントにしたいと思います。

古屋健三氏は最近、「近代文学の中の青年」という副題のついた著書『青春という亡霊』を出版しました。その本のテーマは、副題の通りで、洋の東西を問わず近代文学の名著に描かれた青年の姿を浮き彫りにすることです。古屋氏はあとがきで、文学青年というのは、「意識を研ぎ澄ました、自覚的な魂で、生きることの意味を突きつめて考えた良心である。矩《のり》を無視し、境を越え、果てまで歩いていくので、現象的には自殺か他殺というドラマに行き着くことが多い」と書いています。若者というのはみな本質的に文学青年であると氏はいいます。なぜなら、青年は言葉しか持っていないから、生命のエネルギーのすべてを言葉にこめるしかないのです。青年はまだ人の役にたつ仕事を身につけていないので、ただひたすら自分のためだけに生き、何か十分に価値のある仕事をしおおせるまでは決して死にたくないと本能的に感じているのではないでしょうか。世の中のしきたりなどより自分の感情や考えが何より大事ですから、考えを変えさせられるだけでも、おかしないい方ですが、死ぬよりつらい思いをすることになるのではないでしょうか。

現代では近代よりも相対的に大人全体が青年化していますから、五十代のわれわれの世代でも、頭の中身は青年と同じで、自分らしく生きたいと感じる気持ちが強いと思います。

自分らしくというのはあいまいで無責任ないい方です。よくない自分であっても自分らしくありたいということが許されるなら、犯罪もオーケーということになってしまいます。そういうことではなく、人が望む「自分らしさ」の中身は、たとえば、高橋英夫氏のいう古代ギリシャ人の言葉「テオリア（観）」なるものが説明してくれるのではないかと思います。

テオリアのことは、高橋英夫氏がその近著『藝文遊記』のなかでくわしく書いています。文学の言葉がなぜ人の心に響くのか、というのが『藝文遊記』のテーマです。

テオリアというものがはたらいて、人の心は動かされるのだといいます。

テオリアとは、何かを見て本質的なものを感応することだそうです。それは、人間の気持ちをとてもよい感じにするものであって、創造の源になります。

私も小説を書くときに、そういうものがはたらいているのを感じます。急に書きたくなるときはとくにそうです。胸がどきっとするほど何かを感じて、それを書きたい、と切ないほどに思います。一言では書けない。それを書くためにはたくさんの言葉がいります。本質的などというとむずかしく感じますが、つまり、心が動かされてじっとしていられない感じといいかえれば、何だかわりあいによくあることのようです。そういうものが積み重なると人生が充実しているという満足感につながってゆくということではないでしょうか。

高橋氏の受け売りですが、自然界では木漏れ陽や水面《みなも》やそよぐ風など、ゆらめくものが、人間の存在感情を刺激して、テオリアを誘います。そういうものがふと見る者の心を動かし、生を実感させ、よい感情を生じさせます。

「ゆらめきつつ光の渦を舞わせている木漏れ陽」を受けている自分を想像してみて下さい。そこにいる自分は、「そんな自然のゆらめきに心を預けよう」としないではいられないにちがいありません。三好達治の詩や梶井基次郎の小説や西行の和歌やリルケやゲーテや……。氏が例をあげた以外でも、ほとんどすべての小説家や詩人は、何かを見たり聞いたりして心を動かされ、何かを書きたい衝動にかられて、たくさんの作品を残したのです。そしてその残された作品を読んだ人々の心が動かされて、つまりテオリアを誘われて、別の新しい作品を生み出し、それがえんえんと時代を越えて全世界へ伝播《でんぱ》してゆくのだと氏は分析しています。文学だけではなく音楽や絵画も同じことです。ことにすぐれた詩や小説や音楽や絵画は、一度人の心をとらえたら二度と離さずに、永久に人の心に残り続ける力をもっています。

何度もいいますが私は小説家ですから、小説のことだけをいいます。いい小説を読んだあとの満足感はほかのどんな快楽の喜びにもかえがたいものです。よい小説を読み続けると自分もよい小説を書きたいと心を誘われます。小説家の大半はそのようにして小説家になりました。たいていの小説家が、自分はどんなふうに小説家になったかを、書き残しています。それを語らずにいられないようなテオリアを経験しているからなのでしょう。

小説家でもあり評論家でもあった日野啓三氏は、つい先年、亡くなる直前に、自分のすべてを生々しくさらけだすような『書くことの秘儀』という本を書き上げました。日野氏の創作の秘密は、高橋氏のいうテオリアのはたらきとは少し異質です。心地よさというよりも、人間の遺伝子に刻みつけられた苦しかったころの記憶、が源になっている、と氏は書いています。自分が生まれてから後天的に味わった苦しみの記憶ではなくて、人類がその発生以来、味わってきた、生きるための苦しみの積み重ねが、そのまま後世の我々にも受け継がれている、といいます。

もともと日野氏の書く小説には、主人公は立派な職業人として社会的な仕事をこなしていながら、社会人としてではなく一個の生物として、この世にあてどなく漂っている感じがつきまとっている傾向が強かったのです。

私はその感じが好きで日野氏の小説の愛読者になったのですが、この本を読んで、「種としての人類の共通の暗い記憶」というものが、日野氏の文学のメインテーマであったことが、よくわかりました。

氏も生命の不思議にとりつかれた一人でした。私のように生物学的な知識を求めようというのではなく、人類の心の発展の過程を遡《さかのぼ》ろうというのです。

人類は、進化の過程で、いつ頃から感情をもつようになったか。神をもつようになったか。考えるようになったか。言葉を使うようになったか。疑うようになったか。そういうことを、考古学的な資料から検討し、その悠久の流れの最後尾に、いま自分がいる、ということを強く意識しているといいます。そこまで考えた上で、なぜ自分が小説を書くかという疑問を解きあかそうとするのです。自分はなぜ小説を書くのか。それは自分が特別に変わっているからではなく、人類の末端の必然的な一支流にいるからだというふうに納得します。

氏は、そういうことを、人間的生存の構造という言葉を使って説明しようとしています。人類は発生以来、その時々の状況に応じて、生きるために苦しくつらい戦いの中に身を置いてきました。そしてよく戦って生き延びたあとで、「「きょう一日を生きた」という体の奥からの自然な手ごたえ」を得たはずです。

その同じ手ごたえを得るために小説を書くのだと氏は自分にいいきかせるように書いています。

氏にとって生物は、「宇宙内の全物質、地球上の全生物は常に目標のない道の途上にある、と年齢を加える毎に思われてならない——一本道ではなく分岐し錯綜し、しばしば不意に切断してはまた絡み合う迷路状の、どこか一点の路上に」あるものです。

どこにゆくかわからないけれども、進みつづけ、生きつづけるものなのです。ここにいる自分もそのように偶然にここにある一個の生命体です。でも、「きょう一日を生きた手ごたえ」を必要とします。「きょう一日を生きるのが目標」といってもいいでしょう。

無理に結びつければ、臓器移植や体外受精や遺伝子操作といった今日の問題も、人類が経験しなければならない戦いの一過程にすぎませんから、私たちが不安な気持ちで懸命に悩んでいることと自体が、いまちょうど、人類共通の暗く苦しい記憶として、遺伝子に新たに刻み足されつつあるところなのかもしれません。これは人類が直面する未曾有《みぞう》の事態なのですから。

あいにく、氏がそういった現代の科学の難問について、どのような意見を持っていたのかは、私は知りません。でも、氏は晩年、何度も大きな手術をして命を助けられたから医学に感謝する、と書き残していますから、あるいは賛成派であったのでは、という気もします。

先に古屋氏は言葉のエネルギーが生命のエネルギーだといったと書きましたが、日野氏も言葉について、この著書の中で次のようにとても重大なことをいっています。

「しばしば誤解されていることは、言語とは意志・感情の伝達（コミュニケーション）の手段ではなく、現実と信じられるものの表示・表象（リプレゼンテーション）作用の、現在までの地球上の生物にとって最も進化したシステムだということ。つまり、言語が整ってきたのは、もっとおしゃべりするためではなく、世界（現実）をより正確に表象し意識化するためである。話し合い理解し合う現実がより明確になって、意志や感情の伝達もおしゃべりもより正確に、より豊かに楽しくなったのだと考えられる。その逆ではない」。

これは私もそんなふうに感じています。自分の感じたテオリアを何とかして言葉で再現したいと思って小説を書いているような気がします。もっともこんなふうにいうのは、高橋氏や日野氏の文章を読んで影響を受けたからで、これらの文章に接する以前は、ただ自分の感じたことを書きたい、という衝動に押されているだけだったのですが。先輩作家の言葉を得て、そういってみただけのことです。ただ、前々から言葉以外では伝えようがないと思っていたことは事実です。人の心は、言葉でしか伝えることができないと私は思います。少なくとも言葉がいちばん正確に伝えられそうな気がしています。

言葉が威力を増すのは、「よい感じ」を伝えるときよりも「いやな不安な感じ」を伝えるときだと日野氏は示唆しています。人類が生の実感を得たのは、「死の自覚」を持ったからだといいます。そして、それが人類を現代のような存在に導く源であったというのが氏の主張です。「来たるべき、そして生命ある何ものも免れ難い「死」の意識化によって、人間の「生」も意識化され、現実化されたのだ。悲劇的になったと言ってもいい。〝生きている〟ということを、あるいは死んだようでしかないということを、不断に自覚するようになり、そして死ぬのは自分だから、〝自己〟という感覚も痛切になっていっただろう」。

次のようにもいっています。

「意識することは人間の運命であり、進化することは生物の運命である」。

もちろん進化という言葉は前方に進むというだけの意味であって、良い悪いの意味は含まれていません。そして、人間は意識したことを表現したくなり、言葉をつくったのでしょう。そしてようやく今から何百年か前になってやっと小説家という職業が生まれてきたわけです。氏によれば、小説家とは次のような存在です。

「自覚的に書く人――書く前からわかっていることを他人に伝えるためではなく、書くことによって自分の奥の、あるいは夜の果ての何かを呼び出して、自分を、世界を少しでも意識化しようとして書く人すなわち職業的にではなく運命的に〝書く人〟である人＝作家にとって、書くという事態はそういうことである」。

小説家の実感がよく現れている文章だと私は思います。

言葉と人間の関係を書いた文章をもう少し紹介します。

秋山駿氏もまた生の実感と言葉を人一倍大切にする文芸評論家の一人です。氏は近著『片耳の話』に収載されているエッセイの中で、次のように書いています。

「老齢の生が人生の辛い時期であるか否かは——その人が「人間の良い言葉を持っているか否か」による」。

「では、その人間の良い言葉を、われわれはどこから知ることができるのか、といえば、残念ながら現在の社会生活では、それは親族・友だち・同僚からではなく、書物のなかで出あうほかはない。

書物というのは、知識を習う場ではない。さまざまな人間の声に出あう場である」。

「若者よ、元気の出てくるような本を読め、三ページでいい、そのなかの人間の良い言葉を聴け」。

これらの文章について私が説明することは何もありません。本当にその通りだと思うからです。本を読んで、自分の心に触れるような「良い言葉」にぶつかると、生きる力がわいてくるのは、私自身も数しれず経験しました。「良い言葉」を探して本を読みあさるのは、若いときだけでなく、今でもそうです。

新聞を読むのは、社会の状況を知るには役立つでしょうが、読んでいい気持ちになれることはめったにありません。臓器移植を推進するために脳死を認めることになったとか、哺乳類最初のクローン羊ドリーがふつうの羊の半分の年齢で老化が進んで死んでしまったとか、体外受精で出産した代理母がその子供を手離したくなくて訴訟を起こした、とかいうようなニュースにも困惑させられます。どうすればいいのだろうと思いますが、どうしようもないことばかりです。生命倫理に関する難問は、テオリアと反対のもので私を包みます。

ここでちょっと文学とは離れますが、思いだしたことを書いておきます。脳死問題に関することですから、むしろこの文章のテーマに近いのではと思いますので。

私は昔、ある医大の生化学教室で実験手としてはたらいていたことがあります。そこに出入りする脳外科の医師が、「脳は末端だというのがわれわれの認識だから」といういい方をよくしていました。もう三十年近く前のことですから、今とは認識がちがっていたかもしれません。生きるための最も大事な器官は心臓で、いわゆる脳死状態になっても人間は生きつづける、という意味で、つまり脳死は死ではない、という意味だったと思います。それがひとつ。もうひとつあります。こちらは私の親しくしてもらっている老医師の言葉です。何年か前、脳死は死であるかどうかという議論が社会に浮上してきた折、この信頼もし尊敬もする医師に、どう思いますか、とたずねました。自分ではどう考えればよいか判断がつかなかったからです。医師はためらいもなく答えました。

「そんなことといったって、目で見れば肌には血色があって、手でさわればあったかいんだもの。

どうしたって生きているようにしか見えないのに、それを死んだことにするのは無理なんだよねえ」。

数えきれない人の死を見送ってきた人の言葉です。私はそれを聞いたとき、人の命は人の心なのだと思いました。

私たちは勝手なものです。遺伝子は利己的にはたらく、という説があると聞いたことがありますが、それは、生物は自分の生命の有利を最優先する、してもしかたがない、ということも意味するのでしょうか。

もし仮に、私は、重病になるか重症になるかして、臓器移植しなければ絶対に助からないと医師にいわれたら、しないで死んでゆきます、と答えるつもりでいますが、でも私はまだ現実的にそういう立場に立ったことがないので、気持ちに余裕があり、本当のところ、いざとなったらどんな態度でどんなことをいいだすか、見当もつきません。それが自分でなく、かけがえのない恋人だったら、夫だったら、子供だったら、何をしてもいいからとにかく助けて下さいとわめきかねないような気がしてなりません。

さらに、不治の病を持って生まれてきた人たちのことを思うと、何もいえない苦しい気持ちになります。幼くして、若くして、逝ってしまった何人もの友人知人たちのことを思うと、医学が進歩してほしい、と心の底から思います。

私は子供のころ、ロボットになりたいと本気で思ったことがあります。ひとつ年上の従姉が小学校六年生のときにガンで死んだときです。ロボットなら死なないから、というだけの話ですが、錆びたり壊れたりしたら部品を取り替えられるからロボットは不滅だ、と考えたのです。それにロボットは感情がないから生きるのにラクだ、と思った覚えがあります。SF小説が好きで、ロボットやサイボーグや脳細胞だけになって生きつづける人などが登場すると、体のことや意識のことや感情のことなどを、きまじめに、自分に置き換えて、幼い想像を楽しんだものです。

今思えば、そういったSF小説から、私は、臓器移植や遺伝子操作や試験管ベビーなどの技術が可能になる未来社会にあこがれていました。そうなったら体のことなど心配しないで安心して暮せる、冒険もできる、危険も怖くない、勇気を持った人になれる、と単純に考えていたようです。

それも成長するにつれてだんだん薄れて、先にあげた古屋氏のいう近代の青年像のように、むしろ早世したい、と願うようになりましたが、また中年をすぎると、ほどほどに生きてほどほどに死にたい、という横着な希望に変わってきました。今は、人並みに更年期障害に悩まされながら、両親のうち一人を最近看取って一人を介護するという立場になって、また微妙に複雑な気持ちで生命倫理のことを考えるように心が変化してきています。親のことばかりでなく、私たち自身、団塊の世代と呼ばれて、私たちが老いる頃の社会の負担を今から国家的に不安がられていることを思うと、身が縮まる思いです。

それはいずれなるようになるでしょう。いずれにせよ、そのときの社会のルールにしたがったり抵抗したりするだけのことです。

生命に関する倫理観は、それが必要な社会になった以上は、最低限のルールを決めて、それに渋々従いながら、慣れてゆくよりしかたがないことなのだと思います。無責任ですが、私はそういうルールが決められる場にいたくないと思うばかりです。

少し古い話になりますが、医学と文学の両方で大きな仕事をしたアイザック・アシモフという人がいます。一九二〇年生まれでボストン大学医学部の生化学教授をつとめる一方、『われはロボット』などのSFの名作を数多く書いた人です。彼は科学評論家としてもたくさんの意見を生前に発表しました。古いといっても亡くなったのは一九九二年ですから、同時代人といってもいいでしょう。幸か不幸か氏は現実の社会でクローン動物とか脳死問題とか遺伝子操作とか代理母とかが論議されるようになる直前にこの世を去りましたので、その意見は推論の域を出ませんが、どれも見事に現代の問題を前もって指摘して明瞭に論じています。そのいくつかを紹介します。

科学エッセイ集『生命と非生命のあいだ』という文庫本のなかの「生命の代価」という文章には次のような言葉があります。これは氏の生命観の基本的な姿勢を表し、共感できます。

「人類の当面する危険は、人口が野放しに増えることだけではない。もっと油断のならない危険は、長寿を求め不死をさえ求めようとする人間の衝動である。たとえ人口が増加しなくても、その一人一人が無限に生きるとしたらどうなるだろう？

死んだばかりの肉体、あるいは今にも死にそうな肉体を冷凍保存する計画を企てている団体が現に存在している。その狙いは、死因となった病気の治療法を科学が知った時に、その凍った肉体をよみがえらせ、破壊された肉体を組み立て直し、老齢を逆戻りさせ、生命を回復させようというわけである」。

不死は人生を退屈にする、と氏はいっています。

「死とは、生命を意義あらしめるために支払わねばならない代価なのだ。死は道を拓く。死は疲れ老いたるものを押しのけ、優れた新しきものに道を譲らせる。死は古きものを一掃し、新しき進歩への道を準備するのである」。

生命というものの本質をついていています。アシモフ氏は、生命は常に新陳代謝してフレッシュさを保つことでもっとすぐれた種族へと進化する力を得るのだといっています。

「われわれは、死ぬ時は一人だが、生まれる時は二人から生まれるのである。セックスは楽しみばかりではなくて、たえず変化する環境に対して生命の柔軟性を保つための最も効果的な手段として、何十億年もの間に築きあげられた方法なのである。われわれが必要とするのは、新しい別の個人なのであって、単にドライ・クリーニングされプレスされた古い個人ではないのだ」。

これは老人社会にはきびしい言葉です。けれども生物学・医学をほんのわずかにかじっただけの私でも、一口かじれば、生物は若さが魅力なのだということは、否応なく実感されたのです。生物は、個体が死ぬだけでなく、種族全体も繰り返し滅びてきました。それと引き換えるようにして新しい種族が続々と生まれてきたのです。氏は、死の問題について、こう結論しています。

「かりに人類が死ぬべき運命にあるのなら、それは死滅するにまかせよう。その後には、暗黒との永遠の闘争をもっと強力にひきつぎ、今日のわれわれには想像もつかないような形の勝利を目ざすことのできる偉大な種属が残るのである」。

同じ本の中に、「人間を組み立てる」という題の文章もあります。これには一九六五年に行われたアメリカ化学会第一五〇回年会での会長チャールズ・C・プライス博士の演説が紹介されています。これによってアシモフ氏の個人的な認識だけでなく、当時の（私はその頃十七歳で、将来は生物学者になりたいという思いを固めることになる一年前でした！）アメリカの学者たちがどんな生命観を頭に描いていたか想像できます。

会長は、生命の合成ができるのはいつ頃か、という質問が一九六〇年に科学者の会で投げかけられたとき、用心深い者は何千年も先だと答え、もっと大胆な者は数世紀先だといい、一部の途方もない楽天家はほんの数十年だといった、というエピソードを演説の導入に使っています。

二〇〇四年の現在、生命の合成は確かに行われているようです。私はこの数年、生命に関係する新聞記事の切り抜きを集めつづけていますが、ことに二〇〇〇年あたりからクローン規制法などの関連記事が頻出するようになってきました。前世紀末に哺乳類のクローン動物づくりが競うように進みました。そして二〇〇二年から〇三年にかけて、人間クローン誕生の記事が何度か掲載されました。

約四十年後でした。一部の途方もない楽天家の意見がいちばん正しかったわけです。でもクローン人間づくりは、今のところ、大半の人が拒絶反応を示しており、各国で禁止法が施行されるような方向に進んでいます。

現在のわれわれ人間は、自分が自然に生まれてきたのではなく、クローンとして人の手でつくられたのだ、と知ったら、喜ぶ人はまれでしょう。自分がそうでありたくないものを、つくりたいとは私は思いません。

「完全な大人から人生を始める者は誰もいないのだ。人間をふくめてどんな複雑な生物でも、すべてごく簡単な（少くとも最終産物とくらべれば）形から始まる自己建造装置なのだ」。

アシモフは生物は自己建造装置だと書いています。これは大変大事なことだと思います。自然に生まれて自分の持つ力で自発的に自己を成長させてゆくことが、生命を持つものにとっての喜びになるのではないでしょうか。

体外受精は家畜などで十九世紀からやっている、それを人間でやろうと思えばできる技術はあるが、「これが人間で実行されるのを妨げているものは、能力がないというよりは厭悪感《えんおかん》である」とアシモフが書いたのは、正しいと思います。

でも、その厭悪感が薄れる日がきてしまいつつあることも否定できません。アシモフもその点、楽天的ではありませんでした。氏はつづけてこう書いています。

「世の中は恐ろしい勢いで進歩している。ほんの何十年の間に、夢にも考えなかった大へんな進歩がおこりうるのだ。ライト兄弟が初めて空中飛行に取り組んでから六十年後にはジェット機が地球をまわっていた。ロバート・H・ゴダードが初の液体燃料ロケットを一八四フィートの上空へ飛ばせてから四十年後には、ロケットが火星を通過していたのである。

そうだとすれば、われわれの多くが生きて目撃することになる紀元二〇〇〇年には、われわれが生物工学のどんな段階にあるか、わかったものではないのである。

生物工学の将来の見通しについては、もちろんある程度の心配がないわけではない。生命や生物に対して神様のような力をふるうにしては、われわれの知識は十分なのだろうか。

たぶん十分ではないだろう。だが人間がその危険をおかすのは少くともこれが初めてではない。人間は、知性によって環境を変え始めて以来、神様のまねをしてきたのである。人間は、獣を飼い馴らし、農業を考えだし、都市を建設して〃文明〃を創りだしてきた。このことは人間の生き方を根本から変え、それまでになかったような問題を持ちこむことになった。それでも、これは総体としては進歩であったし、われわれは未開の状態に戻ろうとは思わないのである」。

長くなりますが引用をつづけます。私などの言葉よりリアリティがありますから。アシモフは生命倫理の乱れをいやがっているだけでなく、その中に一条の希望を見出そうとしています。「生物工学の時代はさらに新たな革命的変化や深刻な問題を続々と持ちこむことはまちがいないが、過去の歴史から判断すれば、人間は結局は何とかやってゆくだろう。利益は災厄よりも大きいのだ。

さらにまた、人間が自分自身を改良する企てに本気で乗りだすようになれば、さらにその先の進歩を推進するのは改良された人間の手で行なわれることになるだろう。

一つが達成されるごとに次の発展は容易になろうし、この上昇するカーヴにしっかり摑まる中で、人類はついに正気をとり戻し、太陽にたっぷりと照らされる高原のような人類の可能性の絶頂にとうとう攀じ登ることになるかもしれないのである」。

そうとでも思わなければやっていられない、という調子ではありますが、まあ、こういうふうに悩む人がいる間は、「人間は結局は何とかやってゆくだろう」ということなのでしょう。私も負けずに精一杯悩もうと思います。

生死に対する人の感情の激しさは異様なほどです。人間だけではありません。冒頭に書いたカモなどもそうです。でもとくに人間は、心の状態を大事にしますから、ただ生きるだけ死ぬだけでは満足しません。「このように生きたい」「こんなふうには生きたくない」ということへの好悪がはっきりしています。そうできるようにするためには、相当大変な苦労でもします。できる苦労とできない苦労があって、自分で選んだのなら、頑張るし、押しつけられたものなら、生きる気力がわいてきません。

今必要なのは、お互いの考え方を知りあって、それを了解しあうことではないでしょうか。そうでないと、いじめられるカモか、いじめるカモか、どちらかになるしかないような気がします。

私は、せっかく人間に生まれたのだから、人間らしく暮したいと思います。人間らしくというのは、何とかみんなで知恵を出しあって、解決の方法をさがす、というやり方を守ることだと自分なりに考えています。

私は、二〇〇三年の初夏、アルツハイマーが顕著になった老母を、迷いながらもやや強引にグループホームに入居させました。はじめ、母は、「人を牢屋のようなところに押し込んで、人でなし」と怒っていましたが、半年後には、「こういう暮らし方もある」といくらか容認するようになってきました。そしてさらに半年たつと、「新しい生活を楽しもうと思っている」というようになってくれました。

きっと、私は、自宅で母を介護すると、自分がいじめるカモになるような気がしたのだと思います。

仮に、医学の進歩によって、アルツハイマーが薬で治る時代がくれば、私はその薬を飲むことは良しとすると思います。でも、あらかじめ遺伝子操作でアルツハイマーにならないようにできるという時代になったら、どうなのだろう、と不安を覚えるのです。その違いは何でしょうか。

治療と品種改良の違いでしょうか。

人間は破壊に向かって突き進む一方ではないと信じさせてくれる本はほかにもたくさんあります。

私は、フランスの古い民話を集めた『バスク奇聞集』という本が好きで時々思いだしては読みますが、好きな理由は、「立派に生きましたので、死ぬときも立派に亡くなりました」というふうな結びで終わる物語が中にいくつかあるからです。

母も思いがけずアルツハイマーになりましたが、でも立派に生きていますから、きっと立派に死ぬでしょう。私も立派に死ぬために、立派に生きたいと思います。

（『岩波　応用倫理学講義1　生命』岩波書店　二〇〇四年七月刊　所収）

第三章　読むことと、書くこと

本の山をひとかじり

読んで面白い本と、自分が書きたい本と、自分が書いた本。この三者がなかなか一致しない。それは当然のことのような気もするし、とても不思議なようにも思う。

もともと本に関しては、面白ければ何でもいいという方であった。他の人がどんなことを考え、どんな世界を見せてくれるのか、それを知りたいというのが読むことの始まりだったようだ。そして書くことの始まりはというと、一番読みたい本を自分で書くということだった。

その読むことと書くこととは、以前は一つことの裏と表と思っていたが、最近ではまったく別のことと思うようになってきた。自分の作品が好きではないのかもしれない。読みたい作品、好きな作品を書いているはずなのに、結果はいつも違うものが生まれてきてしまう。はたして、自分が読みたいと思っていることを自分で書くことができるのだろうかとの疑問もつきまとう。だからといって、自分なりの、今まで続けているようなやり方でしか書けないのも確かなのだ。

自分と同じようなタイプの作品からは、書く苦しさばかりが伝わってきて、共感どころか、作品を楽しむ余裕すらないことが多い。

もともと私は自分が楽しむために書いているのだから、読者を喜ばせようなどというところまでは気が回らない。人の本を読む場合に要求する楽しさや面白さを考えると、卑怯なほど自分の作品には寛容である。

私のやり方はたぶん、アマチュアのそれなのかもしれない。そして、それで暮らしが立つ程度の収入を得ることができていることを幸運だと思っているし喜んでもいる。

書くのはともかく、読む方は今でも好きである。好みも結構、変化に富んでいるように思う。大勢の人たちがそれぞれに力を注いで書き上げた作品なのだから、その作品群自体が変化に富んでいるわけではあるが。

いくら本が好きでも、一日に一冊の本を読むことができる人が、どのくらいいるだろうか。毎日一冊ずつ読んで、一年に三百六十五冊。五十年で一万八千二百五十冊。私が時々利用する都立の中央図書館の蔵書が約百十七万冊だというから、いくら頑張っても本の山をわずかに一齧りする程度でしかない。私自身ではとてもそれほども読むことはできない。

以前、他に何もせずに、本を好きなだけ読むという日々を送ってみたことがあった。毎日一冊ずつ読み終えていくことはとうていできなかった。いくら気をつけていても面白くない本が混じっていて、読み進めなくなったり、途中で放棄してしまうこともあった。また、面白ければ面白いで丁寧に読むし、読み終えるのがもったいなくて次の日に残しておくということもあったからだ。

自分としてはかなりたくさん読もうとしても、実際に読んだのは一年に百冊を越えるのがやっとだった。弁解のつもりはないが、私は分厚く中身も文字がびっしり詰まっている本が好きなので、よけいに時間がかかる。読む以上は何かを語りかけてきて欲しい。こちらからもうるさく語りかけたくなるような本であって欲しい。そう思いながら読む。

好みだけで選択していると、案外保守的になってしまい、広がってはいかないものだ。それにそういう狭い視野で読み続けていると、次第に気難しくなっていく。

それは当然なのだろう。先人が残して、十分に時間と人の視線にふるいにかけられた、すぐれた作品ばかりを夢中になって読んで、本が好きになったのだから。自分の作品も含めて同時代にあるものは、まだふるいにかけられていない。それを手当たり次第といっていい状態で読むのだから、全部が好みに合うはずはない。つまらない作品に出くわす確率を少しでも減らすために、なるべく間違いのない作家の本を選んで味わうようにしている。だがそれだけでは、自分がどんどん気難しく怒りっぽくなるのを止めることができなかった。それは皮肉なことだが、いい作品を読んでも同じである。たとえば最近、三浦哲郎『みちづれ』（新潮社刊）、三木卓『となりの人』（講談社刊）、森内俊雄『氷河が来るまでに』（河出書房新社刊）などのいい作品をたて続けに読むことができた。自分の目指す作品の手本を得たような喜びにも満たされた。だがどれも傾向が違うだけに、どの作品を目指したいのかこちらの気持ちが迷って、いつまでもその作品群に引かれ、自分の作品の方向が見えなくなってしまう、という頼りない状況に陥ってしまった。

また分野違いの、渡辺格氏や今西錦司氏の生物学の本の面白さに胸を開かれる気がして、そちらの方にのめりこみたい衝動にかられたりもする。書きたいことが私のなかでふらふらと定まっていない証拠なのだろうか。

ここ数年、書くことだけでなく読むことも仕事の一部になってきている。人の書いたものを読んで、人々が本を選ぶための目安になるような感想をいうような仕事も少しずつ引き受けるようになった。

自分の好みは偏狭だが、人に推薦するのなら話は別だ。自分のための読書と違って、より広い視点に立つことができる。同時に自分の視点がいかに偏狭であるかということにも気がつかざるを得ず、いろいろな意味での軌道修正をしていくことになる。おかげで、読書での気難しさは少し薄れてきたような気もしている。

好みにはっきりした基準はないのだが、自分がお金を払って買うとしたら、まず手にとらないだろうという種類の本は多い。

読もうと思っていても本を開く気持ちになれなかったもの、一行読んだだけで目を離してしまったもの、気になりながらも縁がなかったもの。様々ではあるが、人との出会いのようなタイミングが本にもある。

そういう本ともまがりなりにもずいぶん出会うことができた。

読書を楽しむ上で一番いけないのは、読まずに決めつけることかもしれない。まず手に取って読んでみる気になった以上、とりあえず自分の頑固さを捨てて、書いてあるものの世界にそって読んでみることだろう。

ただ、いくら読む仕事や書く仕事が楽しかったり充実感があったりしても、私は忙しいというだけで嫌気がさしてしまう。今年は前半が忙しかったので、とうとうがまんができなくなり、五、六月はゆっくり遊ぶことに決めた。

北海道の、あまり人のいかない土地に気に入ったところを去年見つけたので、五月の終わりに一週間、また出かけていった。

おりよくリヴァイヴァル復刊フェアと称して、出版されたばかりのウェルズとヴェルヌの文庫本を数冊と、買っておいて読んでなかった夢枕獏のSF大長編『上弦の月を喰べる獅子』(早川書房刊)などを持って。これはいくら守備範囲が広くなったといっても、仕事で読んで感想をいう、というわけにはいかない(なぜかはわからない。それとも私の勝手な思い込みにすぎないのかもしれない)ので、楽しみに買った本なのだ。そういう本の著者には、ほかに、横田順彌、陳舜臣、山田正紀、などがいる。仕事をつらく感じたり、本を嫌いになりそうになったり、現実の多忙から逃げ出したくなったりするときに、そういう人たちの本を読むと、何となく元気が出てくるし、勇気のようなものがわいてくるのである。

夢のような日々を数日、山の中のホテルで過ごした。ホテルの従業員は親切で優しいし、料金は安いし、何より静かで空気がいい。木がたくさんある。気候も最高だった。よく眠れたし、目覚めもよかった。気分のいい空腹とおいしくて健康な食事と満腹があった。夜はしんとして暗く、朝は明るくまぶしい日に満たされていた。

昔から山歩きが好きな私は、昼はたっぷりと歩きまわり、夜は本を読んだ。

しかし一週間で読めたのはやっと二冊だった。嬉しいことに、持っていった本は面白くて、環境のすばらしさにも負けてはいなかった。ただ、私の体が、二つの素晴らしいものを一日のうちに両方とも味わえるほど頑強ではなかったのが残念だった。

自然のなかに体をさらしているだけで私はくたくたになり、夜にはたあいなくすぐに眠くなってしまうのだ。でもそんな睡魔に抗いながらようやく数十頁読むことの何という快感であったことか。子供の頃、眠気をこらえてした夜更しの気分であった。

読書をしているという実感は、普段にまさっていたといえる。こういうところで自分の書くような小説を読んだらどんなものだろうか、と思ったが自分では実行したくない。

六月も自宅で好きな本を読む生活を続けた。おかげで、自分でもまた書いてみようかという気も起こってきてはいるが、かたわらにはまだ読みかけの本が山と積まれているのである。もうすぐ、六月が終わろうとしているのだが。


（「波」一九九一年八月号）

古事記の生命観

この本、特に上巻を読みながら、わたしは、農学部の学生だったころの自分を思い出した。思っていた以上に、登場する神々が生命の匂いを濃く放っていたからである。

生命観も現在のわたしたちが抱いているものと、基本的にはほとんど変わらないようだ。ただ、もっと生々しく、荒々しく、どろどろした感じである。生き物が本来もっているべき得体の知れないうごめきとでもいえばいいのだろうか。

わたしは自分の若かった頃の、持て余すようなエネルギーを連想した。そのエネルギーは精製されていない原油のようなもので、どろどろと粘っていて、洗っても落ちない、という印象だった。そして自分のなかにある獰猛さのようなものを、気味悪く感じていた。

生命への好奇心から大学へ行き、卒業してからの数年間も、その延長のような環境の職場で専門的な仕事をしてきた。しかし、たいして知識が深まったとも思えない。まだわかっていないこと、解明されていないことがいかに多いか、それがわかったのが最大の収穫であった。それでだんだん生物学の世界から離れて、自分なりに考える方法として、小説を書くようになった。

生命の不思議さについて考えるには、生物という学問より小説の方が、わたしには向いていると感じられるようになったのだった。

生命のしくみをきっちりした知識の形で知ることよりも、そんなにも知りたいと思う自分の心の不思議さの方に関心が向くようになったといえばいいのか。

小説を書くようになってから、よく人に、生物と小説の関連を聞かれた。小説を書く人間としては珍しい経歴だからだろう。その問いに答えるために、それまでただ漠然と感じていただけの生命観を、整理して、自分の意見といえるようなものにまでまとめた。そうすることで、自分の書く小説の底に流れる基本姿勢のようなものを自覚できればと思った。

それでわかったことは、生命観というようなものは、科学から生じるものではなくて、もっと本能に近い、感覚的なものにかなり支配されているのではないかということだった。

考えてみれば当然なのだ。わたしが生命というものを気にし始めて、自分なりに想像を巡らせたのは、何の科学的知識もないころからだった。単純に強い引力で引きつけられただけだったのだ。生き物を見る目、人間を見る目は、日々の暮らしのなかで育まれてきて、人それぞれに違うものだろう。

古事記にいちばん感じる生命観は、強い者が生き残る、ということである。これは当然のことかもしれない。古事記そのものが、もっとも強い者の記録なのだから。

善悪の概念も薄い。強いものが生き残って子孫を残すのは、動物も植物も同じである。強いものが子孫を残せばその種族はより強くなっていく。神々も同じで、どんどん子を産んでいく。

社会が豊かになって、文化や文明が発達すれば、弱いものを保護するゆとりも生まれる。しかしそうなるとそれに比例して、生命につきものの生々しさや死などは、日常生活から遠ざかるかもしれない。そのぶん、わたしたちが生死のことを感じたり、考えたりする量は減っていくかもしれない。生死について鈍感になり、忘れている時間が増えるかもしれない。

命がけで生きているという状態なら、いやでも敏感になるだろう。古事記では神々であっても、いつも突然の死と対峙している。だから、生き物としての存在感が強力に漂っているのだろう。

昔から現代にいたるまで、戦争や病気や命がけの冒険などは、小説の変わらぬ重要なテーマになっている。すぐれた作品も多い。

そういう時、人は命に対して敏感になり、熱気がこもる。試練を乗り越えた後に、充実感や至福感がやってくる。

命の危険の前で人は、様々な社会的な衣装を脱ぎ捨て、シンプルな「人間という生き物」に戻るのではないだろうか。

古事記が出るまでにも、長い人の生活と歴史があったわけで、そこには、一本、生死に関する考え方の芯となって通じるものがあったはずである。それを表したものがこの本であるといっていいのではないだろうか。

そして、神々だけでなく、人という生命が増え続けて地に満ちることを宣言している。死が一日に千人を奪おうとも、千五百人の産屋を立てようというのだ。その通り、今、地上には人が溢れている。

人が溢れるほど増えたことで、一人ずつの生命力は、古事記の時代に生きた人々よりも薄れているような気がするが。もしかすると、生き物全体の生命のエネルギーの総和は、等しいのかもしれない、などと考えてみたりする。

古事記が編まれてから、ざっと千二百年以上もたっている。わたしに、今年、百歳になった祖母がいるが、彼女が十二人並んだところを想像すると、千二百年という時の流れがいくらかは感じられそうな気がしてくる。長いのか短いのか、よくわからなくなってくるが。

しかし古事記の時代の人々も、わたしたちと同じ、生きた人間であったという実感は、これを読むとありありと感じられる。

（「現代思想」一九九二年四月号）

井伏さん讃歌

井伏さんの小説をたくさん読んだ。こんないい方は大変失礼だと思うが、気が滅入ったときなどに井伏さんの文章をゆっくり時間をかけて読むと、元気になれた。井伏さんの小説の世界でなら、自分も人間らしく素直な気持で他人と仲良くやっていけるような気分になれた。そのうちに、この人はどんな人なのだろうとふしぎに思うようになった。あるとき急に井伏さんの生まれ育った土地を見たくなって、故郷の広島県粟根まで出かけていった。

井伏さんの生家を取り巻く景色は、遠くを山に囲まれたなだらかな田園地帯だった。どことなく瀬戸内海に浮かぶ島々が連想された。裏山を背にして少し高い、見通しのよいところに白壁の大きな家があって、周囲の村落全体を見守るように建っていた。それが井伏さんの生まれた家だということだった。その前を小川が流れていた。優しい顔のお地蔵さんがあった。わたしは井伏さんの小説の中の風景を眺めているような満足を味わって、帰ってきた。

昨年、ある雑誌の企画で井伏さんの特集を組むことになったから釣りに関する紀行文を書かないかという誘いがあった。

メインの釣り場は甲州で、下部川や富士川の支流のほとんどを井伏さんは訪れていて、それが文章にもなっている。それらの文章を手引書にして、桃の花が満開の季節に二泊三日の駆け足旅行をした。井伏さんの文章と舞台になった現実の風景を照合するような感じの旅行で、大変楽しかった。

小説を読んで、その作家のファンになるというのはふしぎなことだ。小説を読んで、その作家に興味をもつ、ということもふしぎなことだ。とくに自分もまた小説を書くようになった場合は、よけいに奇妙な感じになる。

わたしは自分が小説を書くようになる前は、教科書に載っていた「山椒魚」以外、井伏さんの作品をほとんど読んだことがなかった。しかしずっと小説を書き続けていくのだと決めたころから、井伏さんの文章にとても強くひかれるようになった。最初に読んだのは多分「夜ふけと梅の花」ではなかったかと思う。それは井伏さんの最初の本の書名になった古い作品でそれほどたくさん街に出回っていたものではないから、出会いというものの因縁を感じる。それから「川」を読み、「谷間」を読み、後はむさぼるように読み続けた。面白かった。そしてなぜかわからないが、自分もずっと小説を書いていきたいという気持を強くした。

しかし読めば読むほど、自分もそのような作品を書きたいと思ってしまい、そう思うほど何も書けなくなった。そのくせ井伏さんの作品を読んでいるときには、自分の書きたいように書けばいいのだという気持がわいてくるのだから、面倒だった。書きたいようにというより自分が書けるようにするには、しばらく井伏さんの文章を読まずにいるしかなかった。もともとわたしの書くものは井伏さんの作品の傾向とはほど遠いのである。これは当たり前のようなことだが、実は案外に自覚しにくい。しかしあとで親しい編集者に聞いたところでは、井伏さんの文章は、作家を目指す人が真似をしたがるひとつの典型であるらしかった。そして真似のできない代表のような文章であるらしくもあった。

井伏さん本人は誰の真似もしないで、二十八歳でデビューしたときの「夜ふけと梅の花」の文章と作品の雰囲気は、もうすでに完成した作風といってよいほどに後々のものとかわらないのである。七十年近い作家生活の間、井伏さんは誰の影響を受けることもなくご自分の世界をつくり続けた。

編集者がいっていたことだが、「井伏さんの本は、いつでも売れるんです。それも予想外に売れます。こんなことをいっては何ですが、本当にびっくりします」ということだ。

井伏さんの小説を読むと、生きているのが悪くないことのように思えてくる。それはなぜなのか前々から考えている。

テレビで井伏さんご自身がいっていた。「悪口は書かない。性分が合わないんだ」

わたしを含めてたいていの作家は否定や非難の気持をベースにして小説を書いているのではないかと思う。その点、井伏さんは希有な人である。だからこそ読んでいてこの世を肯定していいのだなという思いが生まれ、安心感がわいてきて、落ち着いて何かをやろうという気になってくる。それが元気になるということの源なのだろう。

考えてもみなかったことだが、井伏さんをお宅にお訪ねしていっしょに写真をとっていただくことになった。ある雑誌の企画だったが、そのときわたしは作家になってよかったと心底思った。

井伏さんと編集者が話をしているのをわたしは横にいて、郷里の景色を思い浮かべながらおとなしく聞いていた。その間カメラマンは真剣な顔で撮り続けた。井伏さんは自転車にぶつかるのがこわいのでもう外には出ないといっていた。井伏さんは東京の街より、粟根の風景のなかを歩く方が似合いそうだった。わたしは井伏さんのそばにいて、小説を読んでいるときのように体の内から元気がふつふつわいてくる感じを楽しんだ。できあがった写真を見たわたしの知人たちは、祖父のもとに孫娘が遊びにきたみたいだといっていた。ふっくらした二つの顔がびっくりするくらいに似ていて、嬉しかった。

心残りがたくさんある。本当はうかがった日に、せっかくのチャンスだから、井伏さんの本を持っていってサインをしていただこうかと考えたが、悩んだあげくにやめた。お別れするときに握手をしていただこうかと思った。でも結局はあきらめた。きっと井伏さんはわたしのことなど覚えていないだろうけれど、でもいい。井伏さんという人がいてくれて、たくさんの文章を書いて、たくさんの人に好かれたという事実を、嬉しいと思う。

（「ちくま」一九九三年九月号）

好きな作家

　気になる作家も好きな作家もたくさんいる。その中でもとくに偏愛する作家、作品をあげよといわれると、即座に何人かの小説家の名前といくつかの作品名が浮かんでくる。しかし正直にいうと、自分の好みをあんまり人に知られたくない。本当に好きなものは、人にいわずに、自分だけの秘密としてとっておきたい方だ。好きな小説を人に教えて、こんなのつまらない、といわれるのもいやなのである。

　わたしは子供のころからたくさんの小説を手当たり次第に読んで、世の中にこんなに素晴らしいものはないと思って、自分も小説家になった。もともと小説というもの、そして小説家という職業そのものが、無条件に好きなのだ。

　小説というものを最初に読んだのはいつのことだろう。どんな作品でどんな作家だったろう、と時々考えるのだが、思いだせない。でも字が読めるようになったときには、もう本が好きで、夢中になって読んでいたように思う。この世にこんな面白いものがあるのにどうして人々は本を読まないで平気でいられるのだろうと不思議だった。読まずに時間を過ごすのがもったいなくて、時間と競争するようにして読んだ。この世にある本を片っ端から読みたいと思い、でもなかなか自分で本を買うお金がなかったので、人から借りたり、図書館で借りたりした。小学生から大学生までほとんど進歩なしにずっとそんな調子だった。

小説を読むだけで一生が終われるとしたらそんな幸福はないのにと思っていた。ほかのことを考えるのがいやだった。小説というものとわたしの脳波がぴったり合ってしまったようだった。

わたしがとりつかれたのは、小説そのものであって、特定の作家や作品ではないので、読んだ本の題名や作者名にはほとんど興味がなく、覚えようともしなかった。作家や作品を自分なりのふるいにかけるようになったのは、だいぶあとのことだ。自分で小説を書きだしてから、お手本が欲しくなって、選別しないわけにいかなくなったのだ。

自分が書く段になって初めて、読むのなら何でもいいが、書くのは好き嫌いがある、という発見をしたのだった。こういうものは書きたいがこういうものは書きたくないとか、こういうものは書けるがこういうものは書けないとかいうように。

自分の能力や個性に直面したということなのだろう。それで以後はその線にそって作品を選り好みするようになった。そしてその人の作品なら手に入るかぎりほとんど読むという作家が何人かできた。個人全集もいくつか買った。

偏愛する、といういい方がふさわしいかどうかはよくわからないが、その人たちの作品は何度繰り返し読んでも飽きず、読むたびに嬉しくなる、というのがわたしの好きな作家の条件である。

ただ、好きな作家にはいくつかのタイプがある。まず大きくわけて二通りある。ひとつは、ただひたすら読むのが好きで、読むと小説というもの、人間というものが好きになり、自分のことも嫌いではなくなり、生きているのが嬉しくなるようなタイプ。こういう作品があり、こういう作品を書いてくれる作家がいるのは、幸福である。

ただし、その作品を読むことで自分の書く小説は少しも変化しない。影響されたくても、こちらが力不足で、されることができない。これが井伏鱒二の作品群。作品は何でもいい。小説でもエッセイでも面白い。この人の文章を読んでいると素直に幸福な気分になって、自分もこのまま楽しく無為に生きていても構わないのだなと思えてくる。ただしこの人の文章を読んでいると、わたしは決して小説が書けない。わたしは人間としても作家としても、この人はいい、と思ってしまう。けれど当然ながらこの人の文章の息づかいとわたしのそれとではまるで違うので、この人の文章を読んだあとでは、わたしは執筆中に呼吸のリズムがとれなくなってしまう。そして何かのお手本に憧れている状態では小説というものは書けないのではないかと思う。少なくともわたしの場合は、小説は自分の呼吸のリズムでしか書けないのだ。

だがわたしは井伏さんの小説を読んでいると、少しずつでも自分の言葉でできるだけ長く小説を書き続けよう、と思う勇気が出てくる。だからしょっちゅう井伏さんの小説を読んでいたいのだが、読んでいると自分の小説が書けなくなる。そのジレンマをどうにかしなくてはならない。

最善の策は、井伏さんのような小説を書きたいなどという思いはいさぎよく捨てて、井伏さんのように自分の言葉で小説を書くしかないのだ、と自分にいいきかせることである。

もうひとつは、その作家のもの、あるいはその作品を読むと、むらむらと小説が書きたくなるという刺激剤の役割を果たしてくれるタイプである。偏愛というよりは実用的に価値のある作家ということになる。好きな作家という範疇にいれてよいとは思うが、しかしたまには、作品や作家から何の共感も受けないのに、猛烈に自分は書きたくなる、という不思議な存在もある。そのケースは自分でも面白いと思っているが、今はこの文章のテーマから外れるから、省略する。

好きな作品で刺激してくるものはたくさんある。刺激の度合いと種類は少しずつ違うが、そういった作家と作品に共通しているのは、感性や才能の豊かさ、価値観のはっきりしていること、小説がいかにも好きであるように感じられること、などである。

ものの見方そのものがこちらの波長に合っている場合が、読んでいていちばん心地がいいみたいだ。

その反対に、まるで異質だから、その人の気にするものが気になる、という場合もある。

漱石、鷗外は別格として、昔、最初に個人全集を欲しいと思って、多少無理をして買ったのが、吉田健一。この人の場合は、好きなのはもちろんだが、ファンというよりも刺激剤の部分が大きい。この人の文章を読んでいると、文章というものを書く場合の、頭と視線の使い方を教えてもらっているような気分になる。そして自分が頭脳明晰になったような錯覚の快感を与えてくれる。わたしは小説を書くようになって三年目くらいに、夢中になった。安部公房。この人のような小説を書きたい、と学生のころからずっと思っていた。自分はこの人の気質と似ていると思い、文章の調子や、興味の対象（題材の選び方と小説の運び）は、わたしが読むたびにこのような小説を書きたかったとつい思ってしまう。でも現実には少しも彼の小説に似た小説は書けたことがないので、きっとわたしの思い違いなのだろう。

思い違いばかりだ。わたしは自分の書く小説をもう少し好きになりたい。

（「早稲田文学」一九九三年十二月号）

綺堂と半七

半七は一八二二年生まれの設定で、江戸幕末の犯罪捜査に活躍した。半七の生みの親である岡本綺堂は、半七に遅れること五十年、明治五年の一八七二年生まれ。同じ年の七ヵ月前に樋口一葉が生まれている。

犯罪は主として人間関係のゆがみと、個人の生まれつきの性癖と、偶然とから生じる。町人の半七が捜査する対象は士農工商のうちの士と坊さんを除いた庶民だが、時には内々で管轄違いの武士や坊さんの探索も依頼される。『半七捕物帳』の面白さは、表向きの身分制度や社会制度が、実は、私たちが学校で社会の時間にならったものよりは柔軟で、タテマエにすぎない部分も多くあった事実を教えてくれるところにもある。勤皇佐幕の争いが庶民の目にはどう映って、現実の生活にどう影響していたか。庶民の男女関係の案外に対等な感じ。農村出身者が江戸で犯罪にまきこまれやすいこと。武士階級の人間は、庶民の目から見ると、おおむね、役目や家柄にしばられて自分の意見というものをもたない、気心のしれない苦悩のみ多い別世界の連中であること等々、作品はあくまでも庶民の観点から外れることなく、実にわかりやすい形で伝えてくれる。半七がわりあいに気安く外食して、うなぎなどを好んで食べていることなども、読んでいて面白い部分である。

昔の時代を実感したい私のような者には資料の宝庫なのである。たとえば私が子供時代に住んでいた足立区千住というところが幕末にはどんな土地だったのか。千住は江戸四宿のうち北方面の出口だが、半七は容疑者の身元調査のために確か二、三度は千住に足を運んでいる。行って用をすまして帰って来るのに半日ですませている。金魚を養殖する商売などもある一方、あまり洗練されていない繁華街でもあって、江戸から遊びにくる者も多く、それだけに派手好きな女は江戸に働きに行きたがったりするというようなことが読んでいると自然にわかってくる。

それにしても感心するのは、半七が実によく歩くことである。庶民の乗り物としては駕籠だけしかなかった時代であるから、歩くのは当然といえばいえるが、それにしても、歩く量が半端ではない。私も都会にすむ現代人としては歩くことをいやがらない方だと思っており、五キロていどなら乗り物で行くより歩きたいくらいだが、それでも半七の歩きぶりの足元にもおよばない。

綺堂は自らエッセイに、自分は一日のうち、食事をする以外の大半の時間を机の前にすわってすごす、と書いているほどの書斎人であったらしいが、それは大人になってからのことで、十代の少年だったころには、安い料金で芝居を見るために早朝から歩いて劇場まで通ったことが別のエッセイにくわしく書かれている。

目当ての劇場は午前七時に開場して午後四時に閉まる。午前五時ころまでに行かないと、人が押すな押すなで入れない。自宅のあった麴町の元園町から、劇場のあった本郷の春木町まで、しばしば午前三時や四時ころに出発して、「人殺しや追剝の出来事がしばしば繰返された」、ぶっそうな「暗い寂しい」神田の広い草原を横切って、水道橋から本郷へのぼってゆくと、「野犬の群に包囲されて難儀したこともしばしばあった」ということである。この道を三、四年も通いつめたというのだから、綺堂の身体には、半七に負けないくらいに、歩く感覚がしみこんでいたのではないか。

むろん学校へ通うにも徒歩であったにちがいない。誰でも日に何時間か歩かなくては生活ができなかった時代は、鉄道や人力車が普及した後も案外長く続き、おそらくは自転車の普及する昭和初期あたりまで、徒歩が日常生活の基本であることは変わらなかっただろう。

綺堂と同じ年に生まれた樋口一葉もまた、当然ながらよく歩いている。彼女ののこした日記には、本郷菊坂や台東区竜泉から上野の図書館に毎日のように通ったこと、図書館に着くのが早すぎてまだ開館前だったので、近くの寺へ知り合いの墓まいりにいって時間をつぶしたりしたこと、商売をはじめるための貸家さがしでそれこそ東京の半分くらいを歩きまわったこと、金策でずいぶん遠くまで足をのばしたことなど、徒歩の記録がずいぶんある。

半七は、歩くのが商売というより、歩かなければ商売にならなかった。私が半七を好きな理由の半分以上は、半七の歩き方が楽しそうだからである。理由の残りは半七が不平不満をいわない話のわかる男だからなのである。かれは実に江戸っ子であって、江戸っ子というのは私見では、一心太助のような威勢のよい、いくらか大げさな騒々しい男などではなくて、ふだんは穏やかで控えめだが、いざとなると敏捷ですばしこく動く半七のような、どちらかといえば目立たない男なのである。また綺堂の文章そのものが上質な江戸っ子の語りというのか、東京人の気質を、そのまま現しているように感じられる。

江戸は徒歩の時代につくられた町であり、末期に至っても、岡っ引きである半七が、一日のうちに江戸市内のどこへでも歩いて行ける規模を越えなかった。半七は、江戸市内の何ヵ所かに手下を何人か持ち、適宜、かれらから情報を集めた後に、必要な場所に自ら足を運び、その上で推理と直観と偶然とを働かせて、事件を解決した。

この捕物帳は、多くは解決した事件についての古老の回顧談の聞き取りという様式であるから、半七はあまり無駄足はしていない。けれども行間には、解決しなかった多くの事件、無駄足に終った探索が山ほどあったことがほのめかされている。

やはり自分の知っている土地の出てくる作品は読んでいて楽しい。

巻の二に『蝶合戦』という作品がある。

これは私が現在住んでいる墨田区立川あたりに、おびただしく季節外れの蝶が舞乱れるという事件があって、そこからあやしげな事件がはじまるという物語である。

「万延元年六月の末頃から本所の竪川通りを中心として、その附近にたくさんの白い蝶が群がって来た。はじめは千匹か二千匹、それでもかなりに諸人の注意をひいて、近所の子供らは竹竿や箒などを持出して、面白半分に追いまわしていると、それが日ましに殖えて来て、六月晦日にはその数が実に幾万の多きに達した。なにしろ雪のように白い蝶の群れが幾万となく乱れて飛ぶのであるから、まったく一種の奇観であったに相違ない。」

この蝶の大発生で詐欺のヒントを得た人物がいて、その人物がまた謎の死をとげて、半七が乗り出すわけであるが……。

この蝶の乱舞は現実にあった話であるらしく、ものの本に実録があるそうだが、綺堂のエッセイ集などを読むと、そこに書かれている現実のエピソードが、姿形をかえて半七捕物帳に再登場していることが少なくない。

わたしも歩くことが好きなものだから、半七の歩いた地図に刺激されて、よく東京の町を、江戸時代の様子を想像しながら歩いたりするのだが、この『蝶合戦』に出会ったときには喜んで、蝶の乱舞を調べに来た半七と逆の道をたどって、立川（竪川）から、神田三河町の半七の家があったと思われるあたりまで行ってみた。一時間足らずでついてしまったときには驚いた。電車でも都営新宿線一本で小川町まで、ずいぶん早く行けるのだが、それでもそのあとの徒歩を入れると、三十分はかかる。倍の時間もかからずに歩けるとは思ってもいなかった。

それ以来、都内を歩くことが面白くなって、できるだけどこへでも足を動かし、あとで地図で道をたどり直すのが、近頃の私の楽しみとなっている。

歩くことを覚えてから東京は案外に小さな町であることが実感されてきた。歩かずに乗り物に乗ることしか考えないで生活していたころには、東京は千二百万という膨大な人間をおびただしい建物の中に隠している得体のしれないマンモス都市であると感じていて、自分の故郷ながら薄気味悪く思っていたのだが。

岡本綺堂はそういう人間らしさを思い出させてくれる貴重な、時代を超越した作家である。

（「ちくま」一九九九年二月号）

動物と植物——宮沢賢治について

　個人的なことだが、わたしは賢治とは不幸といっていいような出会い方をした。小学校四年から六年にかけての担任教師が、ひどく思い込みの強い偏執的な人だったが、これが運悪く賢治びいきだった。それも「雨ニモマケズ」一辺倒。ひまさえあれば生徒たちに暗唱させた。宿題を忘れても、あるいは何もしなくても、ただただ暗唱。不運な生徒は日に十回以上、幸運な生徒でも最低三回は必ず「雨ニモ……」とやる。わたしたちは教師が嫌いだったから、ほとんどアレルギー状態で、詩は詩でなくなり、呪文と化した。唱えるとなぜかだんだん自分が無力な植物のように思えてくる……。

「雨ニモマケズ」の詩をぶつぶつと口の中で繰り返し音読してみれば皆さんにもわかることだが、その響きとリズムは実際、植物に変身する呪文そのものである。自分にできるのはただ黙って耐え、この世の不幸と災難をやり過ごすことだけだ、などともの悲しい気分になることうけあいである。

これは、動物的であるよりは、植物的な思考と呼ぶべきではないだろうか。

以上のような理由で、わたしの体には賢治イコール植物という条件反射の回路ができあがっている。

賢治の書いたものでわたしがいちばん好きなのは「注文の多い料理店」だ。これは森が舞台だが、植物のにおいよりはむしろ動物的な感じの強い作品だ。

これに限らず彼の物語で活躍する主人公たちは、植物であるよりは動物であることが多い。植物もたくさん出てくるにはくるが、たいてい、舞台背景としての森であり野原であり田畑であって、主人公としてではない。

しかしもちろん彼は植物世界をていねいに描いた。そして物語に登場する主人公たちは、それが人間であれ鳥や小動物であれ、ほとんどの場合、植物に囲まれて暮らしている。

わたしの勝手な想像では、彼は世界を三重に考えていたのではないかと思う。まず地面に付属する植物たちの形成する不動世界。その上の、動物たちの走ったり飛んだりする、変転きわまりない地表世界。そしてはるか頭上に広がる空の彼方の宇宙世界と。

わたしは昔、農業改良普及員という資格を取得したことがある。それは読んで字の如く、農業を改良していくための方法を普及させる仕事を受け持つ地方公務員のことなのだが、賢治もそのような仕事をしていたようだ。それを知ってからは、そのことを意識せずに作品を読むことはできなくなった。

農業のことを考える彼の視線が作品から伝わってくる。彼の目は、何を書いていても、空や地面や草や虫に食い入るように向けられている。それまで感じていた甘さやキザないい回しが気にならなくなり、かわりに、その向こう側の、もっと硬質の世界がいきいきと広がって見えてくるようになった。

人間が世話をして作物や花を育てる。作物は元気にすくすく伸びる。田畑を囲むように森があり、空から風に舞いながら雑草の種子が降ってくる。これが彼と植物の職業的な関係である。動物は、彼の職業の範疇にはない。彼の想像と空想の世界にだけ住んでいるのだ。彼の作品で植物よりも動物の方がいきいきとしているのは、そのせいではないかと思う。彼が動物好きだったかどうか知らないが、それよりもむしろ想像の自由にひかれて、動物を創造していったのではないだろうか。

そして現実の生活で彼自身は、さほど動物的な自由を感じていなかったと思う。むしろ、身動きできないという植物的な不自由さにいらだっていたのではないか。彼の作品をいくつか読んでみればわかると思う。彼の物語でのびのびと動き回る動物たちは、作者との距離を保っていて、べたべたした感じがない。

彼の動物たちは元気で生きる力に満ち、自由ですばしこく、非常に警戒心が強く、しかもずるくて楽天的である。

その生命力は賢治にはないものだった。賢治は宗教者であり、農学者であって、なおかつ、虚弱な体の持ち主だった。彼の物語世界の広大な感じと、動物や人間たちの奔放な行動力は、彼自身が、地面の植物世界にはりついて暮らさなければならなかったからこそ、生まれたものであるように思う。

そしてもしかすると植物もまた、彼の内部では、人間の世話がなければすぐに萎えて死んでしまう農作物と、野の花や森の木々など自然のものと、ふたつに分かれていたのかもしれない。彼は自分をどちらになぞらえればよいのか、迷っていたような気もするのだ。わたしには、彼はその両面を持ち合わせていたように思える。

賢治は、遠い空を見上げ、風の行方を追い、どこへともなく走り去る動物たちを眺め、さぞうらやんだことだろう。

しかしいずれにしても彼は、せめて種子だけでも遠くの空に飛ばそうとする植物のように、想像力で遠くまで飛んでいったのだ。

（「ユリイカ」一九九四年四月号）

小説の原石

近頃、アマチュアの書いた小説を読む機会が増えて、楽しい思いをしている。私は名作といわれる小説と同じくらいに、アマチュアの書いた小説が好きだ。下手なら下手なりに、上手なら上手なりに、その人の心が伝わってくるからだ。小説を書きたいという思いや、それが実作するとうまくいかないもどかしさなどが伝わってくるのが嬉しい。

苦労の跡が見えるのが楽しいなどというのは作者に失礼な読み方だが、しかし、小説というものは、もともと、葛藤や悪戦苦闘ぶりが主題になってきたのだから、それが読者の醍醐味でもあるだろう。少なくとも、小説を実作するほどの人には、書きたい何かがある。その何かが私に面白く感じられるということだ。

ただ、私が読むのは小説であるので、アマチュアであっても、読み手の存在を想定している、という面がある。決して生の心のありようではない。

私の八十歳になる母親が、二、三年前からぼけてきた。本人が「物忘れの天才で、おそろしいほどに何でも忘れてしまう」というので、病院でみてもらったら、中程度のアルツハイマーで、ふつうに暮らすのは無理だといわれた。

ふつうの暮しには日課がある。けれどその日課を忘れてしまう。時間の経過も約束も忘れる。昔の記憶もなくす。ときには娘そのものも、忘れてしまう。もの忘れをすること自体を忘れてしまう。けれども自意識はしっかりとある。自分は正しく、周囲の人間がみな急におかしくなったと判断する。そんな調子ではたしかにふつうの暮しはできない。人とのコミュニケーションがとれなくなるのがいちばんやっかいな問題である。

頭をつかうと進行をおくらせることができるときいたので、私は備忘録にするようにと母に大学ノートを渡した。母はよろこび、毎日何かしら書くようになった。夜、寝る前に書くと気持ちが安らぐ、という。アルツハイマーのつらいところは、まわりの様子がおかしいので心が落ち着かない、ということなので、いくらかほっとした。

ある日ノートがいっぱいになったので新しいノートがほしいといわれた。いっぱいになったノートは、正直な気持ちを書いたから読んでほしいという。

読んでみると、これがたいへんな内容だった。こんなところ（老人ホーム）にとじこめられて毎日悲しくてならない、こんなところに誰がどうしていれたのかわけがわからない。こんな囚人のような暮しでは生きているとはいえない。ここからだしてくれない娘を一生のろってやる。

ひとことでいえば自由でない自分という存在の哀しみというようなことを母は達者な字で書きまくっていた。

　私がとまどったのは、昔私が小説を書きたいと思いながら書けずにいた十代から二十代の頃、毎日のようにノートに書いていた内容とほとんどかわらないという実感を受けたからだ。私は母の悪口を書いて作家になったようなものだ。私にとって小説の源ともなったどろどろした感情が、八十歳で記憶力をうしなった母の心につまっている。

　母は旺盛に書いている。書いては忘れるので同じことを書く。堂々巡りの苦しみが母を包んでいる。と思うのだけれども、書いてしまってけろりと忘れ、私は気になって、読みなおすようにもとめたけれど、これがふしぎなことに、母は書くことはいくらでも書けるが、なぜかそれが自分の書いた文章でも読んで理解するということができないらしい。感情を発することはできても、受け取ることができない。これはアルツハイマーの人だけのことだろうか。世間一般の人々にもそんな傾向がでているように思えてならない。生の正直な感情は、むきだしの刃物のようなものだ。

　生であって生でない感情、それを表現しようとする苦労のエキスからなるアマの小説、苦労の跡をきれいに消し去ったプロの小説、どちらでも小説は、少なくとも読者を意識しているし、その読者に悪意を抱いていないからこそ、魅力的なのだと思えてきた。

（「日本近代文学館　館報　二〇〇四年七月）

第四章　ライフについて

時の流れ方

私には子供がいないので、友人との話が子供のことになるたび、びっくりさせられる。ついこの前、出産祝いをあげた赤ん坊が、小学校に入ったと思ったら、すでに中学生になったなどといわれる。

こちらは全然変わっていないのに、よその子供は、実に成長が早い。赤ん坊のときに初めて見た子は、何だかいつまでも赤ん坊のような気がしてしまう。

夫も同様のことをいっていた。わが家では時間がゆっくり流れているのだろう。ただ原稿の締切の前だけはやけに速く時間が過ぎていくから、もしかするとゆっくりではなく、不規則に流れているだけなのかもしれない。

それにしても、私の過去に流れた時間は、まだ四十年余りでしかない。これが百年というと、どんなことになるのだろうか。

親戚のなかにたった一人だけ、百歳間近というおばあさんがいる。夫の祖母で、平成二年になると白寿を迎える。白寿、つまり数えで九十九歳である。

私が初めて会ったとき、すでに九十代半ばに近かった。どんなお年寄りかと緊張したが、会ってみるととても可愛らしい。頰をうっすら桃色に染めて、私たちの結婚を喜んでくれた。私のことをすぐに覚えてくれた。

私の髪を手で優しく梳きながら「長くて黒くて、いい髪だねえ」と褒めてくれたのが妙に嬉しく、初対面以来、私もすっかりファンになってしまった。

行くと喜んでくれるし、昔の話を聞かせてくれるのも楽しみのひとつだ。だが、こちらの不規則で多忙な生活に紛れて、残念ながら年に一回くらいしか、会いにいけない。

この夏のことである。夫は小学校にあがる直前になっても、自分の名前が書けなかった、という話をしてくれた。当時、おばあさんを含め大家族で暮らしていて、大人たちはお互いに、誰かが彼に字を教えただろうと思っていたのに、三月も末になって、誰も教えていなかったと気がついたのだそうである。

「字なんて、教わるために学校へいくものなんだから、知らなくてもいいのにね」

おばあさんはそういって笑い、そのあと急に思い出したようにいいだした。

「そういえば、あなたたちは本所の方に住んでいるんですね。私は若い頃、その隣の町に住んでいたことがあってね。懐かしいねえ」

しみじみとした口調だった。町並みはこうで運河はこうで、季節になるとどんな花がさいてどんな物売りがやってきたか、などとこと細かく話してくれた。

それがいつのことか聞いて驚いた。

「そうねえ、私が娘の頃だったから、そう、八十年くらい前のことかしら」

どうも時代は明治のことだったらしい。明治に生まれた人も少なくなっているなかで、その時代の話をこんな身近に聞くことができるとは。

「それは昔だけど、大震災から戦争までは、そんなに変わっていなかったよ。戦後は知らないけど。今はどんなになっているのか、行ってみたいけど、もう無理だねえ」

おばあさんは少し寂しそうにいった。

数日後、散歩がてら、おばあさんの故郷である隣の町を夫とふたりで歩いてみた。

運河はとうの昔に埋め立てられ、河岸の柳も残ってはいない。町並みもおばあさんの話の名残りを留めるようなものは、何もなかった。その町の中心である古くからの商店街は、高いビルか、そうでなければ目下建設中という状況であった。おばあさんが住んでいた頃から何代目の建物たちなのか。

だが、それが東京の当たり前の姿なのかもしれない。何もその町に限ったことではない。私たちの住む町も同じ。工事で道は掘り返され、建物は建て替えられ、住む人々は目まぐるしく入れ替わっている。空を見上げると、いかにたくさんのクレーンが、空を突き刺すように浮いていることか。

今の町に住むようになって、まだ五年ほどしかたっていないが、その間だけでも、ずいぶん町の様子は変わっている。町工場が壊され、マンションなどのビルが建つかと思うと、慌ただしく廃業した商店の跡が、いつまでもぽっかりと空き地になっていたりする。

建って間もないようなビルがすぐに建て直されたりするのだから、町の景色が変わらない方がおかしい。

地価の高騰は周知のとおりだし、高い固定資産税のことなども考えれば、高層化していくのもしかたのないことだろう。しかし、将来この時代を思い出そうとするとき、私たちの眼に、風景や生活の場の景色として、いったい何が浮かんでくるのだろうか。

たしかにこの時期に本所という土地に住んだという記憶は残るかもしれない。だが、一年目と五年目の景色がまるで違うように、十五年目にはまた別の風景になっていることだろう。そのどれを思い出せばいいのか、今から混乱する自分が眼に見えるようである。

子供の頃から、私は、隅田川に近い所で暮らしているが、大人になるほど景色の記憶があいまいになっていく。子供時代に遊んだ堤防には、どんな草が生えていたかまで覚えているのに、勤めるようになって初めて住んだアパートがどんな建物だったかを覚えていない。百歳近いおばあさんが、娘時代の景色を語ることができるのは、当時の変化がゆっくりとしていて、ていねいにものを積み上げたように記憶に収められているからだろう。

最近の東京の変化は、とても記憶に留めておけるようなスピードではない。景色を覚えておこうとすれば、それは「工事中」のしるしであるクレーンばかりになりそうだ。

時の流れは容赦なく加速されている。私があとどのくらい生きるか知らないが、最近はなるべく小説のなかに、町の景色を書こうとしている。小説に残されていれば、思い出すきっかけになるはずだから。現在が、あとで思い出す価値のある時代であってくれればいいのだが。

（「環境と健康」一九九一年六月号）

生と死について

わたしは子供の頃から、ずいぶん長い間にわたって、生まれてきたことを喜ぶことができなかった。人と仲良くすることより、仲たがいすることを先に覚えてしまったのかもしれない。人間はたえずあちこちでいがみ合っているという印象が強かった。ほんのちょっとしたことで人は人を嫌いになるし、殺し合ったりする。

人は一人では生きていけない、と耳にたこができるほど聞かされて育ったが、わたしはひそかに、一人の方が生きやすいのではないかと疑っていた。

他の人間との摩擦は避けることができない。というよりも、生活そのものが摩擦のような気がしていたからだ。そしてわたしは、人との摩擦が大の苦手だったのだ。

農学部の学生だった頃、植物の組織を培養する方法をいろいろ学んだ。その中に、細胞ごとにばらばらにして培養するやり方があった。だが、ばらばらにした細胞が生きられる時間は短い。培養しているとだんだん細胞壁が肥厚して、つまり自分を守るカラが厚くなりすぎて、外から必要な養分を取り入れることができなくなってしまうのである。だから子孫を残すこともできない。

それは二十年ほども昔の話だから、今はもっと長く生かす方法が見つかっているかもしれないが。

その一個ずつのはかない細胞をシングル・セルと呼んでいた。それをタイトルとする小説を書いたことがある。

生まれて、生きて、死ぬ。そのことが不思議でならなくて、それが少しでも解明できたらと、生物学を専攻した。もちろん何がわかったといえるわけもなく、しつこく考えているうちに、わたしはかえって生物学から離れて、いつのまにか小説を書くようになっていた。その意味でわたしの小説の出発点は、死であり、生である。

わたしはごく若い時、親友を病気でなくした。その時のショックが尾を引いて、命というものに対する不信感が根強く身についてしまった。

まだある。わたしはずっと健康で丈夫な子供として育ってきたが、わたしを除いた家族は揃ってひよわだった。家族のなかで一人だけ元気があり余っているような自分がいやで、恥ずかしかった。身内も少なく、とくに年寄りが少なかった。みんな早く死んでしまったと聞かされた。だから自分の家は病弱で短命なのだろうと思っていた。

不思議なもので、短命をいやだとは思わなかった。わたしは素直に短命を受入れ、生きているうちに思い切って好きなことをやろうと考えるようになっていた。自分の健康ぶりと短命との間にとくに矛盾を感じなかった。

大人になった頃から、辻褄を合わせるように、わたしの健康は色褪せていった。親しい人々に不健康ぶりを指摘され、早死にするよとよくいわれた。好きなことをするために、健康を無視した生活を続けた結果だろう。本を読み、小説を書き、ほかのことにはほとんど無関心だった。顔色は悪く、いつも疲れていて不機嫌だった。

やがて遅い結婚をしたが、夫も元気があり余るタイプの人ではなかった。人にいえば笑われそうだが、わたしの健康は結婚して徐々に戻ってきた。結婚というのは、ある場合には、価値観や優先順位を根本から変える力を持つ。わたしの場合はどうやらそうだった。

命を使いのばそうという気持ちがだんだん生じてきたのだった。

食事や睡眠など少し気をつけるとその分だけ忠実に体調がよくなる。わたしはそのうち自分の命をコントロールしているような気分になって、生活そのものが面白くなった。

脆弱だと思っていたわたしの家族たちも、いつのまにか健康な体を得て、年はとったが、元気である。今、わたしの周囲にはたくさんの年寄りがいる。まるで長命の血統の証拠であるかのように。

わたしも、健康診断で医師に「どこも悪いところはありません。長生きしますよ」といわれた。それを素直に喜んでいる。

かつてのわたしだったら、どう感じただろうか。そっぽを向いて、そんな言葉など聞かなかったふりでもするのではないだろうか。

死との距離を考える。誰でもそうなのだろうが、年齢や精神状態によって、近づいたり遠ざかったりしていた。故意のように、ずいぶん危ないところまで、近づいた時期もあったと思う。だが死が近づいてきたのではなく、わたしの方から近づいたり離れたりしていたのだ。まるで何かを試したがっていたように。それとも、危険なゲームを楽しむかのように。何を試したかったのだろう。今のわたしには、もう、何もはっきりしたことはいえない。あの頃とは別人のようになってしまった。

それでも一定の距離以上に近づかなかったのは、たぶん、生の世界に未練があったからだろう。死の世界をまったく知らないように、生の世界もまた知らないことだらけなのだから。

その領域に踏み込んだら、帰ってこられないことだけはわかっていたようだ。戻ってこられなくても構わないと思うほどには、わたしは生の世界を嫌っていたわけではなかったのだろう。

今、自他ともに中年と認める年齢になって思うことは、生きているときにしか、生きていることの楽しさを味わうことはできないということである。死ぬときに、死のことを考えればよい。そしておそらく死ぬときには、自分の生のことも同時に見えてくるのではないだろうか。いつも死はそばにある。それは自分が生きていることの証拠なのだと思うことにしよう。

（「アサヒグラフ」一九九二年三月二十日号）

誰かによって変容するスリル

＊　＊　＊

四年ほど前、結婚してよかったという感想を書いたことがある。それが現在はどうなっているかというのが、今回の課題である。情況はさほど変わっていない。少なくとも自分たちの生活に関しては大きな変化はない。

わたしたちは、四十近くなってから一緒になった。子供はいない。夫もわたしも比較的マイペースでものを書く仕事を続けている。

周囲の人々にも大事にされ、世間の人とくらべると、かなり気楽で恵まれた結婚生活をしている。結婚の副作用で、わたしはかなり楽天的になった。

結婚そのものについても、以前とは違う考え方をするようになった。そのことを書いてみたい。

＊　＊　＊

結婚生活の長かった夫婦が、年をとってから離婚するケースが増えているという。わたしの周辺にも、そうした離婚の実例が二組あった。身近な人のことだから詳しい話は書けないが、ちょっとショックだった。はたの者にとっては寝耳に水のことに思えたし、その二組とも、それまで不穏な気配はまったくなくて、落ち着いて安定した結婚生活を送っている代表のようなカップルだったのだ。だが長い時間をかけて化学変化が静かに進行していくような、必然的な結果であったのだろう。その人たちは不満を表情や口に出さない、がまん強いタイプだった。

結婚生活や夫に不満たらたらで、相手かまわず愚痴をいいふらす人がいるが、そういう人たちの方がむしろしぶとくて、なかなか別れることはないようである。他人にはうかがえない、結婚の不思議である。

三年くらい前だったと思うが、夫の友人（女性）から「結婚したんだって？　おめでとう」という電話がかかってきたことがある。

その人は、自分もまだ結婚して何週間目かというところだったのだが、「もう二週間くらいで結婚なんていやになってしまった」と話した。その体験から夫に「奥さんと話をしなくちゃだめよ」と忠告したそうだ。「女って、十年たったたって、出ていきたくなれば出ていっちゃうからね」

それを聞いて、夫よりもむしろわたしの方が、そんなものなのかなと妙に感心する気持になった。彼女がその後、離婚したのかどうかは連絡がない。

だが、とうとう最後まで一度も出ていきたくならないままで添い遂げてしまった、というふうになるのも悪くないな、とわたしはひそかに考えている。時代に逆行するようだが、本当はその方がいい。

でも、結婚してすぐに後悔したというくせに、そのまま離婚しないで添い遂げた結果になる夫婦は案外多いようでもある。結婚する前に顔見知りだった近所のある人もそうだった。わたしが結婚すると知って、それまでのにこやかな顔を急にゆがませて、「何で、結婚なんかするのよォ。あなたみたいな人までしなくたって、いいじゃないのォ。わたしなんか、もう最初の一週間で後悔したもんネ」といったのだ。わたしはとっさには返事ができなかった。

別の顔見知りも、自分は今にも離婚しそうな気配で夫の悪口をいい募って、わたしにも「しないですむ人は結婚なんかしない方がいい」と忠告してくれたが、やはり離婚していないようだ。

独身のときと違って、結婚してからは夫婦単位での交際の機会が多くなった。一般に独身者は、既婚者の生活の内実にあまり興味を示さない。どちらかといえば、拒絶反応を示す。そして既婚者も、独身者には結婚生活上の相談を持ちかけない。まるで別の世界に住む人間どうしのようである。

わたしも結婚してからは独身の人とつき合うのがいくらか苦手になった。既婚者でも生活に不満を持ちすぎている人は苦手である。

相手を批判したり非難したりすることにエネルギーの多くを使いすぎて、ではどうすればよいかということに思案がまわらないようなのだ。

きっと、自分の意見がはっきりしすぎていて、それだけで頭がいっぱいになってしまうのだろう。人の幸福より、自分の不幸の方が重大な問題であるのはわかるし、同情もするけど。

でも、ときどき、あなたの考えている結婚とわたしの考えている結婚は違う、といいたくなることがある。でも、いわない。その人たちの不幸にとっては、結婚そのものが、最大の元凶であるらしいので。

＊　＊　＊

結婚という形の人の結びつきは不思議なものだ。そのことがだんだん身にしみてくる。たぶん、わたし自身が結婚したせいで、夫婦という単位の人々を、少しはきちんと見ることができるようになったせいだろう。小説やエッセイなどを読んでも、夫婦のことに触れた部分の文章に敏感になった。

一人で暮らす人は、その人自身の考え方が変わらなければ、生活に大きな変化は起きにくい。外からの切実な刺激がないからだ。変わらなくてもやっていける。自分を素敵だと思える人は、一人で暮らすのもいいかもしれない。だが一人でいると、自分を変えるチャンスも少ない、ということである。

独身時代、わたしは生活の変化を望みながら、頑なほど自分の考え方や感じ方を変えたくなかった。変わらずにすませるために一人でいようと考えていた。その矛盾に苦しんでいた。

しかし、結婚がいいとか悪いとか、一言でいえることではない。そんなことは本来どうでもいいことである。人は自分の生活しか体験できないのである。

結婚生活で特徴的なのは、いつも自分以外の変数に取り囲まれていることである。いつ何が起こるかわからないというスリルと不安または期待に満ちている。自分と夫、そして家族、周囲の人々。一人で暮らす場合に比べると、変数というか、ハプニングの起きる要素の何と多いことか。独身は不安定で、結婚は安定、というふうに普通は考えがちだが、反対である。おおげさにいえば波瀾万丈である。結婚生活は不安定で先の保証のない壊れものだとわたしは思っている。大事にするのも粗雑に扱うのもその人次第であり、その人を取り囲む人々次第である。自分が変わりはじめると、相手も変わり、それにつられて自分もまた変わってくる。変わることが面白く感じられてくるのが不思議で奇妙なことである。人は多面体のように、光の当たる場所によってきらきらと違う輝きを見せ、たえず変化している。

最近、新聞の投稿に面白いものがあった。二十八歳の女性で、未婚の人である。自分は結婚したいとは思わない。結婚することで自分は家庭生活の負担（家事や育児などの）を半分以上引き受ける気はない。今の社会では、結婚すれば女である自分がそういった負担を半分以上押しつけられるのは必定なので、結婚しない。そういう内容の宣言文で、いわば社会への挑戦状である。

簡潔で意志的な文章であり、文章もわかりやすい。この文章に刺激された老若男女が、一斉に投稿したのだろう。数日後、賛否両論がほどよく混ぜられ、並んで掲載された。

内容はご想像どおり、推して知るべしである。

わたしもよく人に聞かれるのが家事はどうしているかということである。それが結婚生活のかなり重大なテーマであるようだ。

やったりやらなかったり、と適当に答える。いいね、と友達はたいていいう。いいでしょう、とわたしはいってその話題は終わりにする。家事はそういうものだと思う。終わり、と自分で宣言しないと終わらない。

だが終えることのできない家事が、主婦になった人の悲しみであり怒りであることは、いくらわたしが鈍感でもうすうす気づいている。家事にいそしむ妻を見て、妻が幸福だと思い、自分も幸福を感じる鈍感な夫が多いのも、相変わらずの現象のようである。

女の生き方とか、考え方に、なぜか人は口を出したがり、決めたがり、教育したがる。

女の人も、黙って自分の好きなように生きればいいのに、そして好きなように生きる力を身につけるよう努力をすればいいのに、とつくづく思う。やっている人も多くなったようだけれど。

＊　＊　＊

結婚しているかどうかなどは、その人の最終的かつ決定的な条件ではなくて、ひとつの環境にすぎない。もっとも、生まれて、成長して、子供を生んで、というのが生き物としての純粋で最高の目的であるという考え方をすれば、結婚が何より大事なことになるだろう。

しかし、人間はそれだけに終始するのでは、人生八十年は長すぎる。変わらずにすませるにも、長すぎる。とりあえずわたしの場合は、なりゆきまかせの生活が気にいっている。先入観も、常識も、世間体も捨てて、この結婚生活という狭いが変化の力の強力な世界のなかで、自分がどれだけ変わることができるか、目一杯、身を任せてみようと思う。

小説を書くときと同じである。わたしは、予定をたてたり、前もってストーリーを考えたりという順序だったことが苦手で、それに呪縛されて、動きがとれなくなる傾向がある。明日をも知れぬ身の上と考えておくのが、生活の上でも仕事の上でも、自分をいい状態においておける一番の条件のようである。
アメーバのように自由に形を変えながら、形を変えることができる自由を楽しみたい。変化の能力は、生命力の強さに比例する。変化できる間は、余力があり、成長できるということでもある。そう勝手に考えている。

（「婦人公論」一九九二年十一月号）

林檎の花

数年前の秋、津軽へ行ったときに、林檎が見事に実っている風景を見た。その美しくて豊かな印象が胸に強く残って、いつかは満開の花も見たいと思っていた。それが今年やっと実現した。

ゴールデンウィークが終わるのを待って、一週間ばかり東北に出かけてきた。岩手山麓まで行って数日を過ごし、それから毎日ほぼ百キロずつ南下するスケジュールだった。途中、何ヵ所かで知人に会うくらいが目的といえばいえるような観光旅行である。東北の「爆発する春」を味わえたらいいと思っていた。

今年、東京の春は、早く桜が咲いたのに、咲いてから寒い日が続いて、花が長持ちする、というような天候だった。東北では、その寒さがまだ尾を引いていて、最初に訪れた小岩井から岩手山麓のあたりでは、まだ林檎の花はひらかず、赤く固いつぼみは小さなままだった。その二日後、宿のテレビで、例年より一週間ほど遅れてそこよりだいぶ南の一関で花が開いた、というニュースが流れた。

だが北国はすっかり春であった。林檎の花には少し早かったが、おかげで桜にはかろうじて間に合い、道端にはタンポポと水仙が花盛りだったし、桃やレンギョウ、ハナズオウ、モクレンなどが咲き誇っていた。東京の狭い道端に置かれた鉢植えなどの花にくらべると、植物の嵩が大きく、色も鮮やかに見えた。岩手のモクレンはびっくりするほど花が大きかった。山中にそそりたつコブシや桜は、壮観であった。その足元にはフキノトウが群生し、小さな草々が溶け残った雪の陰に隠れるようにして花をつけていた。

そんな東北の山の中で働いている知人たちの、それぞれの言葉が耳に残った。

「今年は昔の暦でいうと、三月が二回ある年なんだそうです。冬のうちから、こんな年は春が遅いといわれていました」

「コブシは春になって最初に咲く花です。裸になった木々のなかで真っ白な花をいっぱいに咲かせるのだから、たまらないですよ」「(冬はクローズする建物を)冬はねえ、窓なんかも全部ガムテープで目張りしてから山を降りるんですが、途中で覗いてみると、中に雪が積もっているんです。どこからどんなふうに入るのか、わからないんです。こうして春になってみると、雨漏りがするわけでもないんですが」

ついでというわけでもなかったが、せっかく桜が残っているのならと名所になっている角館まで足をのばしたが、そちらはあいにく盛りを過ぎていた。そのかわり人気も少なくゆっくり垂れ桜の残り花や八重桜を眺めることができた。雨あがりの桜並木の土手には、土が見えないほど、まだ汚れていない花びらが散り敷かれていた。地面をおおった花びらは、樹上にあるときのなまめかしさが薄れて、ひどく清潔な感じがした。

花の満開もいいが、咲き始めや咲き終わりも時間のふくらみが感じられてわたしは好きだ。満開やものごとのピークを追い求める時期を、わたし自身がすでに通り過ぎたのかもしれない。もともと花より緑の方が、草よりも木の方が好みに合っているという思いもある。だが、生き物の条件反射として、満開の花を見れば体がざわざわしないわけにいかないのではないだろうか。

こんなふうに人間以外の命の気配の濃厚なところで、子供の頃から暮らしていたら、どんな人間になっていただろうか、とふと考えた。わたしは、工場の煙を空気のように吸い、澱んで流れにくくなった隅田川を見ながら育ったから、遠くを眺めずに、黒くて見えない水底を想像するような人間になってしまった、ような気がする。そしていつも山や渓流のそばで暮らしたいと願ってきた。

しかし子供の頃は富士山も筑波山も自宅近くから見えたのだから、たとえば岩手山麓で生まれ育っていたら、今とはまるきり違う人間になることができたか、という仮定はあまり意味がないのだろう。それにわたしは隅田川の濁った水色や煤煙のにおいのする空気がそんなに嫌いだったわけではないようだ。

緑豊かな自然環境は、わたしにとってはむしろ非日常である。そこは別世界であってよその土地である。そういう場所がまだ日本にあって気軽に見物に行けるのはありがたいと思うほかない。たっぷりの緑に囲まれた環境で暮らしたいのは人の素直な思いである。豊かな自然と便利で手軽な文明生活。ほどほどの数の快適な隣人たち。

そういった環境を何とか手にいれることができたとする。しかし自分だけで独占するというのは不可能なことである。周囲にどんどん家が建つだろう。そして景色も環境もどんどん変わってしまう。住人どうしのトラブルも増えるだろう。

自分の家だけはいいが、窓からの景観を壊すようなところにあとから家が建つのは困る。先にさんざんむさぼって楽しんだ人が、あとから来る人を排斥しよう、というのは庶民のレベルだけでなく、環境保護の名目のもとに、森林伐採や捕鯨やフロン使用などに関して現に国家単位でもやっていることである。わたしは森林が好きだが、それはわたしが育てたものではない。時代が進めば、森林はなくなっていくものだと思う。人間はそういう時代の進め方をする、と思っている。

以前、ネパールに行ったとき、山で薪を集めるたくさんの貧しい人を見た。ガスや電気がなく、主な燃料は木である。当然ながら日本のように、燃料になるほどの大量の紙ゴミなどは出るわけもない。日々の煮たきのために木を切ってしまうから、山には木がなくなって、雨期の大雨で土地そのものが流れてしまう。それでも木を切らなければ暮らしていけない。目先の必要に迫られて、人間はずっとそんなふうにやってきた。この先、日本も地球もどうなるかわからない。どうしようもないという状態まで追いつめられたときに、人間が本気でどうにかしようとするのかどうか、それもわからない。何だかそんなことはどうでもいいような気がしている。満開の花を見たあとでは、花が散るのを覚悟しなければいけないという気分になる。

最後に会った知人は、わたしのために休暇をとって待っていてくれたが、前日になって急に会社の偉い人との打合せが入って、つきあえなくなってしまった、ということだった。世の中、思うようにはいかない。だが知人は無理をして朝のうちに時間をつくって林檎園まで連れていってくれた。そこで待望の花を見ることができた。赤いつぼみがほどけ、紅がかすかに残る白い花が、二、三分の咲き具合であった。帰りは雨になった。道路の何ヵ所かで事故渋滞にぶつかった。

（「文学界」一九九三年七月号）

植物の話

農学部の学生だったころ、葉の切片を材料にして、新たに植物の個体をつくるという実験をした経験がある。今の言葉でいえばクローンということになる。当時、農作物のウィルス病は不治に近かった。ウィルスを退治できれば収量が大幅に増すことがわかっていたが、有効な駆除の方法がまだ見つかっていなかった。わたしは教授から、まだ世界で誰もやっていないことだからやりがいがあるだろう、と激励されて、ウィルスに汚染された植物からウィルスを除外する簡便法を開発するというテーマをもらった。

病葉を小さく切り分けたものを一片ずつ、フラスコ内の、寒天で固めた培地にのせて栓をする。それを光があたるようにした保温器にいれておく。この寒天培地には、葉の細胞分裂をさかんにするような養分が含まれている。

やがて葉片はむくむくとふくらみ、一見、大根おろしをかためたような状態になる。ある程度たって生長が遅くなったころ、その表面の新鮮な部分を少しずつ切り取って、取り出し、新しいフラスコに移す。再び分裂がさかんにおこなわれ、大きく育つ。それを何回か繰り返すうちに、細胞の増殖スピードがウィルスの増殖スピードに勝って、全体としてウィルス濃度が低下してくる。ウィルスが一定以下に薄まったところで、また少しずつ新鮮なところを切り出して、フラスコに移しかえる。

＊　＊　＊

その培地には発芽を促進するホルモンを加えてやる。大根おろし様のかたまりの中から、やがて小さな緑色の芽がいくつも出てくる。葉も出てくる。この芽と葉だけのものを切り出して、今度は発根をうながすホルモンを加えた寒天培地にそっとのせてやる。根が出てくる。茎が現れ、芽や葉と根がつながる。葉の一部でしかなかったものが、こうして植物として完全な形をとるまでに、およそ半年ほどかかった。

そういう方法でできた小植物は、ウィルスの含まれていない率が半分以上あった。一応は成功した、といえるだろう。あとはウィルスのないものだけを選んで育て、ある程度大きくなったところで外に出し、鉢なり畑なりに植えて栽培すればよいのである。

植物から生長点だけを取り出して、あとはわたしがやったのと同じような方法で育てるという方法はそれまでにもあったが、そのやり方では手間がかかりすぎ、大量につくれない欠点があり、高価な園芸作物でだけ実用化されていた。わたしのやった方法だと病気の葉が材料だから、簡単な上に大量生産も可能である、はずだった。

二十年以上も前の話だから、現在のウィルス退治の方法がどんなものなのかは知らないが、たまに新聞や雑誌などで関連の記事を見かける限りでは、わたしのやった方法はどうやら現実にも使われている気配である。わたしが卒業したあとも指導教官が改良を加えて研究をさらに進めるという話だったから、やっと確立されたものになったのだろう。

＊　＊　＊

いずれにしろ、そのときの植物の驚くべき生命力を目の当たりにしたことで、わたしの胸には植物はすごいという感嘆の思いが焼きついたのである。

しかし実をいうと、大学でうまくいったのがふしぎに思えるほど、わたしは植物の世話が苦手なのだ。花屋さんから鉢植えなどを買ってきても、たいていすぐにだめにしてしまう。植物好きの人に聞くと、ほっておいても育つというのだが、わたしの場合は世話をしてもほっておいてもよく枯れる。きっと何か植物のプライドを傷つけるような致命的な思いやりのなさがわたしにあって、それで植物に嫌われるのだろう。しかし植物を育てるのは苦手だが、山道などを歩きながらうっそうとした植物に囲まれた感じを味わうのは好きである。そんなときには地球の本当の主は植物であり、動物は植物に養ってもらっている、という実感に全身が満たされて、慎ましい気持ちになれる。

＊　＊　＊

植物は、大きな群落でいるときがいちばん生命力が強くなるときではないだろうか。そこから一株とって自分の庭やベランダへ運んできて育てようとすると、どうも活気がなくなり、生命力が減退するような気がしてならない。

けれどわたしは、やっとこの数年で植物と仲良くすることができるようになった、と思う。結婚以来、人から鉢植えをいただく機会が増えたり、夫と散歩していて拾ったエンジュのタネを蒔いたら立派に発芽してみるみる育っていくのを感動して眺めたりしたのがきっかけになった。

いただいた鉢や拾ったエンジュはわたしの気まぐれな世話のせいで、いつも元気というわけにはいかないが、なぜか枯れることもなく毎年、確実に生長してくれた。そうなると勝手なもので植物がかわいくなり、街を歩いても旅行をしても、季節ごとの植物に目が向くようにもなった。

も花を咲かせた。残念なことにあるとき旅行で長く家をあけて、枯らしてしまった。何とか代わりを手にいれたいと思っていて、今年、とうとう買ったものだった。

思い出の花束をくれたのは、元の職場の同僚だったSさんという人。結婚後、我が家の最初のお客になってくれた友人である。その訪問の際にも彼女は花をおみやげにくれた。鉢植えのサクラ草で、これも丈夫に育って、毎年花を咲かせていた。ところがやはり今年の夏に急に生気をなくし、あっという間に枯れた。

もう年賀状に今年も花が咲きましたと書けなくなってがっかりしていたら、花が枯れて一週間ほどしたとき、本人から久しぶりに電話があった。結婚することになったのだという。その明るい声を聞いたとき、わたしは何となくほっとして、なるほど、と頷く気持ちになった。わたしはそういう巡り合わせに意味を感じたがるタイプの人間ではないが、何となくふに落ちた感じがしたのである。

（東京新聞　一九九三年九月二十五日　夕刊）

健康と死

このところ、小説家の訃報が続いたせいか、健康とか寿命とか、それに類したことを何か考えたくなっている。

作家の死は、面識がなくても、その人の書いたものを読んでいれば、何かしら気持ちの通じあうような近しさを感じていて、知人の一人を失ったようなさびしさがわいてくる。

その人の息が少しは自分の体の中にも混じって残っている。いつか自分にも寿命がきて、その息もいっしょにこの世から消えてなくなるのだと思うと、どんなふうにその作家の印象がしみこんでいるのか、あらためて体のなかに向けて耳を澄ましてみたくなる。

健康という言葉はうさんくさい。健康はシンボルのように思われているスポーツなどを見ればわかる。スポーツ選手は、たいてい体はどこかに故障箇所がある。しかもごく若いうちに、使い過ぎで悪くする。ひどい例の典型だと思うが、高校時代に足の速い友達がいたが、中学時代に走りすぎて膝をだめにしてしまったので、もう二度と本気では走れない、といっていた。中学のとき、運動神経抜群で健康優良児の代表のような友人がいたが、二十歳になる前に病気で死んでしまった。親友だったので、わたしはそれをきっかけに健康やスポーツを斜めに見るようになった気がしないでもない。

この頃、会う人の誰もが、健康そうだとか元気そうだとかいってくれる。自分でもそういう実感がある。たしかに丈夫で健康になった。以前は、会う人の誰もが、わたしの顔色が悪いことを心配してくれた。もっと昔は、元気ではちきれそうな子供時代を過ごしたこともあるが、四十を過ぎてからの最近の健康は、その頃の感じに近い。

体調がよくなかった二十代から三十代にかけての時期は、健康そのものに関心をもっていなかった。むしろ、調子が悪くなるのを楽しむような気分があった。本来だったら、その年頃は、恋愛をしたり、子供を生んだり、思いきり仕事に打ちこんだり、体をフルに使って充実感を味わう時期である。そんなときにわたしは、外にも出ず日にも当たらず、本を読んだり書いたり、何時間もただぼんやりしていたり、不自然な日々を送っていたので、体の方が生きる意欲をなくしてしまっていたのかもしれない。

実は、わたしは大学は農学部を選んだが、生き物の世話が大の苦手なのだ。動物はなるべくなら触りたくないし、植物は切ったり折ったりするのがいやで、育てるのもびっくりするくらい下手だ。それは生き物のしくみに無知であるからだと思い、自分が生き物なのに生き物が苦手なのはおかしいと、渋々勉強するようになった。その結果、少しもうまくつきあえるようにはならなかったが、いつも生き物のことを気にする癖がついたのはよかったかもしれない。

考え方や感受性にも時につれて自然に変わってくる部分がある。なかでも死についての印象は、少しずつ微妙に変化する。毎日、毎年、生きた分だけ、死に近づくわけだから、見える景色も変わっていくのだろうか。

生きているということは死に取り囲まれているということだ。

先日、叔父の一人で胃を切った人がいるので見舞いに行こうとしていたら、一年前に乳房を切り取る手術を受けた友達から電話がかかってきた。何ということはなくわたしはその友人に、義理の妹が数年前にやはり乳房をなくして無事でいるという話をした。電話を切ったあと、少し気が滅入って、久しぶりに親にご機嫌うかがいの電話をかけた。親は元気そうだったが、イトコの連れ合いが胃を切ったという話をしてくれた。

現在わたしの身のまわりには、少なくない数の病人がいる。知人の知人までふくめれば、命ある日を指で数えつつ暮らしているような重い病気を抱えた人が、あまりに多くてびっくりするくらいである。若い人も老いた人もいる。その人たちは、一人でいるとき、間近に迫った死を見つめて、はかりしれない不安と孤独を味わっているのだろう。しかし外に見えるかぎり、その人たちは落ち着いて、静かに耐えている。寡黙でもある。

そしてなお不思議なのは、病気の話題をタブーにしない点である。聞けばきちんと説明してくれる。そういう何人かの友人知人がいるおかげで、わたしは体調に関してずいぶんがまん強くなった。自分が健康体であり、少なくとも現在やっかいな病気に罹っていない事実を認めないわけにはいかない。

その人たちに少しでも長く元気に生きていてもらいたいと思えば、自分が元気にならざるをえない。ぐちもいえない。

おかしなものである。夫の祖母が百歳で元気に暮らしているが、その人の前にいると、生まれたての赤ん坊に戻った気がして、おおらかな気持ちになってくる。健康に長生きすることがそれほどむずかしいことではないように思えてくる。その祖母のまわりには、大勢の身内が集まる。しかし、老いた人ほど健康で、若い人ほど健康にたどりつく道が遠いように思える。あとから生まれた者ほど短くしか生きられないような印象である。あまり深く考えたくない現実である。

わたしは今四十三歳で、この年齢が若いかどうかは考え方次第だが、一応は健康体である。それを自覚してもいる。だが、面白いことに、体も気持ちもやがて来る死への準備を始めているという実感もある。それはこの二年ほどで経験するようになった新しい感覚である。孫が生まれてもおかしくない年齢になった途端に、そのような実感が突如生じてきた。そしてもっと面白いのは、今日死んでもあきらめがつくような気がすることである。好きなこと、やりたいことはやってきた、という気持ちもわいてくる。ふだんは不満だらけの自分に、そのような気持ちがあったと知って驚いたが、嬉しかった。そのくせわたしは医師にどこも悪いところはありませんといわれると、何だか悲しいような気分になる。

年相応に体にガタが来始めるころになって、健康が戻ってきたのは笑い話めいている。長く病弱だったわたしの父親も、いつまでもつかと昔はハラハラしていたほどなのに、五十を過ぎてから大半の病気と縁が切れて、今年七十になるが元気である。そのパターンをわたしも踏襲することになるのだろうか。

まだ勤めていたころだから、十年ほど前だったと思うが、周囲でばたばたと若い人のガン死が続いて、この世はどうにかなってしまったのだろうかと不安になったことがある。そのころ、まだガンには絶望という言葉が似合った。今はみな病人が気味悪いほどしっかりしていて……。

その十年間に、医学革命といっていいような大きな変化があった。進歩とはいいたくない。生命をいじる醍醐味を、医学を中心にした科学畑の人間は覚えてしまったようだ。次々と新技術が登場し、そのたびに生命のシルエットが変形してきた。

自分の内臓と他人の内臓の区別や、出産や死、あるいは遺伝子の組み換えなど、生命のいちばん基本的なことの認識があいまいになっていくばかりだ。まだどう考えてよいかとまどうことが多い。心の整理が追いつかないまま、科学技術はどんどん先を行く。

一方でわたしたちは狭い家に住み、有毒ガスのような空気を吸って、命をすり減らすようなハードな暮らしをしている。命の秩序は人間の世界では間違いなく混乱している。生き物だから死ぬのはしかたがない。だが、病気にはなりたくない。人に命を預けるのは、いやだ。自分の命については自分の考えで決めたい。

（「海燕」一九九三年十月号）

夢と進路

わたしは昔、大人や教師の意見に従うような素直な生徒ではなかったが、中学のときの校長の話だけは印象に残っている。進路を決めたらそれに向かって懸命に努力するのはもちろんだが、それでうまくいかなくても挫折と考えて落ち込んでしまわずに、別の進路にチャレンジしてみる柔軟さも必要だという話だった。

わたしの夢は小説家になることだった。しかし子供心にも現実ばなれしていることがわかっていたので、それとは別に生きていくための現実的な目標ももたなければと思っていた。小説家がだめなら、理科の教師か、できれば科学者になりたかった。小説家になるための勉強は学校ではできない。だから進学は理系を選択し、自由な時間には小説を読みあさって、二兎を追う生活をずっと続けてきた。

といってもたいしてうまくいかなかった。いつもどちらかに傾いてしまい、上手にバランスをとることができなかった。実をいうと高校二年で早々と挫折して、勉強についていけずに転校した経験がある。

勉強のらくな学校に移って、小説のことばかり考えていた。だがそのうちにそれにもいきづまったので、今度は受験勉強を必死にして科学者をめざした。だが、また何年かすると猛烈に小説が書きたくなった。そして結局三十を過ぎて小説家になった。

過去、医者にもスポーツ選手にもなりたかったし、公務員試験も受けた。作家になってからも不安になって、理科教師の資格をとったりした。でも考えてみると、いつもわたしがなりたかったのは小説家だけであって、ほかのことは、生きるための方法を探していただけなのだった。自分の好きなことをやるためには、自力で生活できる力を身につけておかなければならないと考えていたからだ。

結局は、小学校にあがる前からの夢だった小説家になっている。進路は直線ではなく、複雑な曲線をたどるもので、途中で考えも状況も変わるし、転機も訪れる。自己弁護であることは承知しているが、転校するくらいの紆余曲折があるくらいでないと夢はかなえにくいかもしれない、と今は考えている。

（旺文社ゼミ「HIGH PERFECT　高2クラス」一九九四年十二月号）

父と本

子供のころは、贈り物をする生活習慣はなかったように思う。戦争が終わって十年かそこらしかたっていないという時代で、我が家もまわりの人もみんながそろって貧しくて、生活に追われて忙しく働いていた。

わたしの姪たちは、幼稚園のころからお誕生会などを開いてプレゼントの交換もしているようだが、わたしのころは誰もそんなことをしていなかった。バレンタインでさえ、学生時代には一般的でなかったし、普及したのは勤めて何年もたってからで、いまさら義理であげる気もなかったので、誰にもチョコレートを渡したことがないくらいだ。

それでも我が家には、クリスマスにだけは両親が何かプレゼントしてくれる習慣があった。

わたしは毎年本を一冊ずつ買ってもらうことに決めていた。欲しいものをいってごらんと親はいうのだが、本当に欲しいものをいうのは恥ずかしいような気持があった。親が貧しいことを知っていたし、買ってもらえそうもないものをいってもしようがないし、無難なところで「本」と答えるのだった。つい最近、友人の子供に欲しいものを聞いたら、何でもあるから特には、などと答えられてあきれたことがあるが、それとはまったく違う環境と発想から出た答えが本だ。

また本なの、本ばっかりでつまらない子ねえ、と母親は思っていたみたいだけれど、子供なりの知恵だったのだ。

わたしの家は足立区の隅田川のほとりにあった。東京の外れともいうべき、ひどく交通の不便なところで、近くには本屋もなかった。暮の日曜日、クリスマスのプレゼントを買いに父親が連れていってくれるのは、子連れの足では三十分ほど歩かなければならない、北千住駅前の西書店というこぢんまりした本屋さんだった。わたしは父親といっしょにその本屋さんへいくのが楽しみだったのだ。

父親は体が弱く、気難しい人で子供といっしょに遊ぶよりは、一人静かに本を読んでいたがる人だった。いっしょに遊んでもらった記憶はあまりない。父親が子供につきあってくれるのは、勉強のことだけ、という印象だった。というより、何しろ真面目で勉強家という、近所でも堅物で評判の人だったから、子供にとっては煙たい存在で、好んで近づきたい人でもなかったのだ。

それでも何だかわたしは父親が好きで、とくに姿勢よくすわって本を読んでいる父親の、静かな雰囲気が好きだった。その父親と同じにわたしも本が好きで、並んですわって本を読んでいる自分が好きだったのだ。そういう自分を父親が好いてくれるような気がしていたのかもしれない。

いまどきの子供なら、いくらでもいろいろな人からプレゼントをもらう機会があるだろうし、おもちゃでも本でもたくさん持っているだろう。一年に一度、親に本を買ってもらうのを楽しみにしている貧しい女の子のことなど想像もつかないかもしれない。でもマンガでも教科書でもない本物の本を二冊以上持っている子供など、わたしの家の近所では、誰もいなかった。

買ってもらうのは、童話だったけれど、実はどんな本でもよかったのだ。本当は父親に選んでもらった方が面倒がなくてよかったのだけど、父親は自分で選びなさいという。本の選択というのはむずかしい。膨大な数の中から一冊だけを何の予備知識もなしに選ぶのである。好きな本といっても、何を基準にすればよいのかまるでわからない。

いまでもわたしは、多くの本に囲まれて暮らす作家であるにもかかわらず、本屋にいくと膨大な本を目の前にして、どうやれば自分の読みたい本を選べるのかと、しばしば途方に暮れた気持になる。

それでもわたしは、時間をかけて、何となくウマがあいそうな本を選びだした。これがいい、と父に見せると、これでいいんだね、と父が聞く。いい、と答えると買ってくれる。帰り道、わたしは新しい自分の本を胸に抱きしめながら、ひどく充実した気分になったものだ。

あんなに苦労して買った本の題名を、なぜかまるで覚えていない。膨大な本の並ぶ西書店の本棚をにらんでいた時の幸福な気分だけが印象に残っている。

しかし、必要なものしか買ってくれないものと思いこんでいた両親が、あるときそろって外出して、帰ってきたら、突然、贈り物だよ、といって黒いバックスキンの半コートを渡してくれたことがある。十八の時だった。欲しくてならなかったが、とても買ってもらえないものと思ってあきらめていたものだが、買って欲しいと頼んだ覚えもなかった。あのときはうれしくて涙が出そうになった。両親が自分のことを気にかけてくれていたことがわかっただけでも、大きな贈り物だった。

大人になってからのわたしは、以前は儀礼的なものを除けば贈ることも贈られることも、ほとんどなかったが、最近は人にプレゼントするのが好きになった。相手の生活や好みを日頃の言動から推察し、ぴったりと思えるものを選ぶのはなかなか楽しいことだ。

夫も細かいものを探してきては、人に贈って喜んでいるところがあるが、わたしが夫に贈られて印象的だったのは、やはり本であった。彼とは十代からの古い知り合いだったが、結婚したのは三十代後半。一緒に暮らすようになってしばらくたってからプレゼントだといってある本を渡してくれた。

わたしは高校時代に文芸部というクラブに入っていたが、当時のわたしの創作が掲載されている機関紙であった。わたしはそんな本があることすら忘れてしまっていた。

「欲しいかどうかは知らないけど、多分、一般に公開された最初の作品だろうし、どうせ持っていないいんだろう」

たしかにそのとおりで、忘れていた自分の作品をプレゼントされるというのは、不思議な気持だった。結婚自体も天からの不思議な贈り物だったと思っている。

（「てんとう虫」一九九五年二月号）

両親のノート

わたしの育った家は東京の東側、足立区千住の隅田川べりにあった。千住製紙の社宅で、住民の大半は工員だった。わが家も周囲の家と同じように貧しかったが、多くの点で周囲の家と異なっていた。

そのひとつは、両親の仲がよかったということである。とくに父が母に優しくていねいな態度をとるという点で、わたしの父は近所では変わり者と思われていた。二人はちゃんづけで呼びあい、大事にしあっていた。その時代と環境では、そうした夫婦は大変珍しかった。わたしは子供心に自分の両親は特別だと感じていた。

父は静かでまじめな勉強家だった。病弱で本ばかり読んでいた人、という印象がある。気むずかしく、人嫌いなところがあった。母の方は明るく可愛い人で、誰からも好かれた。そして二人とも子供には厳しかった。

しかし父と母は全体として近所や学校の教師や親戚の間で評判がよかったので、それがわたしの誇りであったのも確かである。

わたしは出来の悪い子供で、両親のどちらにもあまり似たところがなかった。子供時代を通して両親に叱られてばかりいたような気がする。彼らを喜ばせたという記憶はひとつもなく、彼らを怒らせたり失望させたりすることばかりだった。わたしは仲のよい彼らの間に割って入っていくことができず、だんだん彼らが苦手になり、子供の頃からの予定どおり、学校を出るとすぐに独立した。

小説を書くようになってからは、子供時代に甘やかしてくれなかったうらみをはらすかのように、彼らの悪口ばかり書き続けた。その頃がある意味ではいちばん親に甘えていたような気がしなくもない。彼らはわたしの小説を読んでいるはずなのに、一切文句をいわず、娘が小説家になったことを純粋に喜んでくれているようだった。

父は関東大震災前年の大正十一年の九月に葛飾で生まれた。小学校の低学年のときに実母を病気で亡くし、中学四年のときに家庭の事情で退学して、十七歳で製紙会社で働きはじめた。十九歳のときに太平洋戦争がはじまり、二十歳になると徴兵検査を受けたが、胸を病んでいたので不合格になった。そのまま軍需会社に切り替わった会社に勤め続けた。二十三のとき、職場結婚した。結婚して間もなく終戦になったが、ほどなく実父と姉をそれぞれ病気でなくし、身寄りは弟だけになった。父の実父は日露戦争のとき二百三高地で生き残り、怪我をして帰ってきた人で、晩年は酒浸りで廃人のようだったという以外のことは、父が話してくれなかったので何もわからない。

　母の方は対照的に大家族の中で育った。母の両親はともに新潟出身で、若いときに上京して結婚した。新橋駅の売店の経営と家作とで生計をたてていたらしい。浅草にあった寄席《よせ》を買い取って改造し、そこに住んでいた。母は十六歳のとき病死した実父をみとった後、軍需工場に就職した。そこで未来の夫と出会うことになる。

「目の大きい変な男の人がいるというので女の子みんなで見に行った。まさか結婚するとは思わなかった」

　当時、若い男はほとんど出征してしまい、父のような存在は珍しかったのだ。二人の青春時代を思わせる写真が家に残っている。山の景色の中にリュックサックをかついだ豆粒のように小さな母が立っている丹沢登山の写真が一葉と、母がテニスのラケットを抱いて笑っている写真が一葉。

　二人はよく丹沢に行ったそうである。戦争中でもそのくらいのレジャーは可能だったらしい。というよりも、周囲のきなくささから逃げるために山に登った、ということであったようだ。結婚したのは母が二十一、父が二十三のとき。戦争が二人を結びつけたといってもよい。

　その後、世の中が落ち着くと勉強好きの父は高校から夜学に行き直した。まだそれが途中の高校四年生だった二十九歳のとき、肺結核で倒れ、休学した。兄が六歳、わたしが四歳、妹が生まれたばかりの頃。大学を卒業したのが三十代の半ば。

わたしたち子供は父の顔をめったに見なかった。朝早く会社へ行き、夜遅く学校から帰ってくる生活が十年ほど続いたからである。父が家にいるときは、病気で寝ているか、勉強しているかだった。子供は父のそばでは騒げない。その時期に、父は、子供にとって近寄りがたい人になってしまったわけだ。同時に、父は立派な人だ、それを支えた母も立派な人だということにもなった。そういう両親をもったのだから子供も良い子であるはずだ、と見られるのは窮屈なことであった。

わたしが、自分は大人になったのだなあ、とつくづく思ったのは、三十五をすぎてからだ。両親にくらべると親離れするのがずいぶん遅かった。

あるとき、父が、「でもまあ、ボクにはお母さんがいちばん大事なんだよ。一生懸命やってくれたし、死ぬまでずっといっしょにやっていこうと思っている」とわたしにいったのだった。二人で道を歩いていたら急にそんなことをいいだしたのである。そういう大事なことを話しあう習慣がなかったので、わたしはどぎまぎしてしまったが、あれは、わたしが父母の悪口をさんざん小説に書き続けてきたことへの、父の答えだったのだろうと思う。そう感じたとき、親と自分は別々の生活をしている他人なのだと気づき、ようやく父に親近感を抱くことができた。

わたしは近頃『わたしの東京物語』という書き下ろしのエッセイ集を上梓したばかりだが、

この本を書くにあたって、昔住んでいた土地の景色などを思いだしてメモしてほしいと両親に頼んでおいた。すると思いがけず、一冊のノートを埋めるほどの量の覚え書きをもらうことができた。文章も読みやすく、考えてみればわたしははじめて父の書いた文章を読んだのだった。味をしめたわたしは、今度は戦争中のことを書いてほしいと頼んだ。とくに空襲から逃げた道筋を思いだして書いてほしいと注文した。両親はまた一冊のノートをわたしにくれた。わたしは夢中で読み、今までわたしの両親だった二人の男女とはじめて知りあったような感動を覚えた。

その中の戦争中の記述に、「長生きしたいとは思わなかった。明日の保証はなく、自分たちはいずれ死んで終わるのだと思っていた。結婚も死の準備のようなものだった」という文章があって、どきっとさせられた。

父が入院して最も苦しかったはずの時期、若かった母が朝日新聞のひととき欄に投稿した文章の切り抜きが残っている。全文をここに引用したいところだが、コピーが手元になくてそれができないのが残念である。

四歳の丸々と太ったわたしが、外で遊ぶのが好きで、いったん外に出ると、なかなか家に帰りたがらない。赤ん坊が生まれて、毎日世話が大変だが、子供たちの笑顔を見るとまた明日も頑張ろうという気になる、と書いてあった。このとき母は二十八だった。ただの偶然だがわたしの小説が初めて活字になったのも二十八のときだった。わたしが小説家になったのは、この二人の血をもらったからではないかと思えてくるほど、文章の調子や感受性などが似ていて、背中が寒くなってくるほどである。

親子といいながら、意外なほどお互いに何も知らない。こういう文章がなかったら、両親が何を考え何を感じていたかに、わたしはついに興味を抱くことはなかったのではないかと思う。小説家になってよかったと思うことのひとつである。

父も母も今は七十を過ぎているが、新婚当時のように、二人で仲よく暮らしている。

（「小説中公」一九九五年八月号）

小説を書き続けるのが最良の老後

老後というと、つい隠居生活を連想してしまいますが、これはもう今はむかしの話で、私たち団塊の世代には、悠長な老後生活というのはどうも期待できそうにありません。また、期待もしておりません。二十年ほど先に日本がどんな国になっているか、見当もつきません。どちらかといえば悲観的に考えております。

けれども現時点では、すでに老後生活をおくっている老いた親たちのことが気がかりで、自分たちのことまで考えている余裕はないのです。むろん親たちの老後生活を見ながら、自分たちの老後に重ねていろいろなことを考えるのですが。

いえることはたったひとつです。体が動いて、気力があるうちは、好きなことをやって暮らしたい。動けなくなれば、誰かの世話にならないわけにいかず、思うようにはいかないのですから。

若いころは、小説家になれさえすれば死んでも本望だと考えて、長生きしたいなどと考えてみたこともありませんでした。面倒だから年取る前に早く死んでしまおうと甘い考えを抱いておりました。

近頃も、あまり長生きはしたくないと思ってはいるのですが、でも、親たちをみていて、老後の計画などというものは、まったく思いどおりにはいかないものだということがだんだん身にしみてわかってまいりました。なりゆきにまかせるしかないのでしょう。それでもできる範囲内で楽しい充実した暮らしを夢みないではいられません。

私は小説家ですから、年とっても小説を書き続けることが夢です。またそれが最良の老後だと思っています。二十年後にどんな小説を書くか、それを想像するだけで楽しい気持ちになれます。今どんな小説を書くかより、その方がよほど楽しいことです。

私の両親は現在七十六と七十四になりますが、二人暮らしです。そろそろ体力がなくなって日常に不便を感じているのだろうと思いますが、私はめったに顔を出しません。二人だけの暮らしをなるべく楽しんで欲しいと思っています。両親の方では子供の誰かと同居して家事をまかせ、らくに暮らしたい気持があるかもしれません。でも二人でできるうちは、大変でもやってほしいのです。

母は、年取ってはじめてゆっくり空を見るようになったといいます。月のみちかけなど観察して、「むかしは生活に追われて、ゆっくり空を見たこともなかったのねえ。面白いねえ」といいます。そういう言葉を発するようになった母を、私は以前より好きになりました。母が母という立場から個人に戻って、生きていることを楽しんでいると感じます。

両親は六十歳くらいまではよく、「年とったらどうやって暮らそうか」という話をよくしていました。体の衰えを感じて心細く感じ、子供の誰かといっしょに暮らしたいと思っていたようです。でも七十をすぎてから何もいわなくなり、不安そうな口ぶりも見せなくなりました。そのかわりに生活そのものを楽しむようになったのだと思います。彼らは散歩したり図書館から借りてきた本を読んだりしています。

義母は三年前に倒れるまで、一人で暮らしていました。仕事ももっていましたし、いつも旅行に行ったり誰かの家へ行っていたりでいそがしく楽しそうに暮らしていました。体のためによく歩いてもいました。それがある日突然倒れてからは、体力も気力もなくし、何もいわず、人のいうままに寝て暮らす日々を送るようになりました。

今は病院暮らしをしています。いっしょに暮らしてみたこともありますが、狭い家で、生活の不規則な我々と暮らすより、病院にいる方が体調がよいようです。よい病院にめぐまれたこともありますが、自宅を仕事場にする共稼ぎの物書き夫婦には、老いて体が不自由になった親を楽しませる余裕がありませんでした。彼女には、歩けなくなってしまったことが悲しく、もはややりたいことも読みたい本も食べたいものもないのです。黙ってテレビをみたり寝たりしているだけでした。それが病院になじんでからは、似たような境遇の患者さんもいるし、世話してくれる人々はこまめに声をかけてくれるし、何より病人を中心の一日が回っていきますので、安心感が得られたようで、だんだん表情も明るくなり、口数もふえてきました。

彼女にとっての理想の老後とは、何より歩いて行きたいところへ行き、会いたい人と会って、食べたいものを自分でつくって食べ、着たいものをきて、気兼ねなく暮らすことだと思います。倒れる前までは理想に近い生活だったのではないかと思っています。

「歩けなくなったら人間おしまいよ」と彼女はよくいいます。

両親からSOSがくればすぐかけつけるつもりでいますが、義母の世話もろくにできなかったことを思えば、自分でもはなはだ心もとないのです。

このところ同じ年頃の友人知人の親が次々と亡くなっています。私のところだけ免れるということはないわけで、訃報をきくたびに覚悟が固まってゆくのを感じます。

私自身の老後も親たちとにたりよったりになることでしょう。でも私どもには子供がありませんから、はじめから覚悟のようなものはできています。夫とも時々そんな話をします。相方が生きているうちは頑張って楽しむが、一人残ってしまったら、もうどうでもいいと。

今の生活は私にとってはほとんど理想的です。読書と執筆とたまのゴルフ。それらに関わる人々との楽しいお喋り。たいてい毎日が楽しいです。続けられなくなるまでこの生活を続けていくつもりです。ほかにやりたいことはありません。このままがいいのです。

作家という職業柄、定年がないのですし、書けなくなるまで書き続けるというのが理想です。


（「湘南文学」一九九九年夏号）

猫と話す

作家になってから、どうしても運動不足になった。若い頃は時間が惜しくて一日家にこもっていることも多かったが、だんだんそうはいかなくなる。最近ではすっかり散歩をする習慣が身について、日に一、二時間外を歩く。二時間は長いようだが、自家営業なので、会社勤めの人の通勤時間分歩くと思えばいい。歩いていれば、頭の調子も体調もさほど劣化しないですむ。短いときには二、三キロ、長いときには、五、六キロの散歩をする。まっすぐ前を見て歩いているばかりでは退屈だから、よそ見をしながら歩く。

木や草花が中心だが、虫や鳥、川にいる魚やクラゲも好んで見る。たまには、電線の上にハトやカモメにまじって、都会にはめずらしいアオサギが止まっていたり、運河の水面にボラや鯉にまじってトビウオの幼魚が泳いでいたりすることもある。またカラスが食肉店の前に停車中の小型トラックの荷台から、白い脂のかたまりをひきずりだして持ち去る現場を目撃したここともあった。
狭い町のなかだけでも、ずいぶんたくさんの種類の生き物がそれぞれのやり方で暮している
ことが実感されて、はげまされる。
それでも鳥や魚は、一方的に観察して面白がるだけで、向こうから人間に働きかけてくるこ
とはない。

そこで近ごろ、私は猫語を練習している。猫と話ができるとずいぶんとおもしろそうな気が
するからだ。
町で猫を見かけると、相手の様子を観察しながら、できるだけこまめに挨拶するように心が
けている。「コンニチハ」ていどの軽い挨拶のつもりで「ニャア」と声をかける。心優しい猫
は、けげんな顔をしながらも、足をとめて、挨拶の声を返してくれる。どこかへ急いでいく途
中らしい猫でも、ふり返りながら、面倒くさそうに、短く鳴いていってくれることもある。む
ろん無視されることも多いが、猫たちは案外に律儀であいそがいい。
犬はかならず飼い主の人間につながれているのと、飼い主に忠実すぎるのとで、通りがかり
の人間としては、あまり面白みがない。
そこへいくと、猫はじつに存在ぶりが多彩で個性的である。東京の町では、鳥に次いで、猫
が自由行動を謳歌しているように見える。

町でであう猫のどれが飼い猫で、どれが野良猫なのだか私には見分けがつかないが、気が向くと相手をしてくれる猫の出没は、得がたい散歩の楽しみである。

私が猫に興味をもったきっかけは、定期的に通る隅田川の墨田区側のほとりの、広大な隅田公園にいる数匹の猫の行動が面白かったからである。彼らは、公園にいついていて、公園にくるすべての人々にあいそよくふるまう。彼らは集団にならず、一匹ずつが独立して独自の方法で人間と接する。

歩いていると、一匹の灰色の縞模様のある老猫が足もとにちかづいてきて、人の顔を見上げて、ニャアと鳴き、こちらが日本語でヤアと挨拶すると、また短く挨拶を返すように鳴く。ドウモとこちらもまたお愛想を返す。何だか初対面どうしが交互に頭を下げあっているような雰囲気になってきた。餌をやりたいがあいにく何もないのだと断ると、いやべつにいいんだとでもいうように、先にたって歩きだす。しばらくそうして私の猫でもあるような素振りでいっしょに歩いてくれて、公園内の牛島神社のあるところまでくると、ふと離れていった。そうして、見ていると別の通行人に近づいていって挨拶している。挨拶された方も、お、と機嫌のよい声をだしてしゃがみこんだ。それを確認して苦笑し、牛島神社に入って、自分の体の悪い場所と同じところを触るとよくなるというので有名な、牛の置物の頭と顔をいつものようになでてから振り返ると、ちょうど私の目の高さになる御堂の回廊にさっきとはちがう風格のある猫がすわっていた。じっと人を見ているので、なんとなくそばにいって正面から拝んで頭をさげてみたのだが、その間、猫はあたり前のような顔をして、私に拝まれていた。

大きな公園がすみかの猫は、だいたいにおいてあいそはよいがさっぱりしている。誰にも均等にあいそよくふるまって深追いしない。近所の小さな公園をなわばりにしている猫は、大きな公園の猫よりもさらにあいそがよい。なわばり内を通してもらう挨拶に軽くニャアといってやったら、ニャアと鳴き返してはうれしそうに飛んできて、さかんに話しかけてくる。あまり熱心に話しかけてくるので、私は気軽に無責任な声をかけたことがはずかしくなった。それからは猫の気をひくためだけの挨拶でなく、猫と何を話したいのかよく考えてから声をかけるようにした。

それでも猫の方にも人間の手を借りたい事情が生じることもあるらしく、こちらがかけなくても、向こうから声をかけてくることもたびたびある。そういうときは向こうも理由があって通りすがりの人間に話しかけるのだから、意味がよく通じるのである。

一度は、家の者がみな留守で戸がしまっていてなかに入れないから、戸をあけてくれ、と頼まれたことがあった。気の毒だがそれはできないといって断ったら、怒ったように向こうにいってしまい、べつの通行人に、猫なで声をだしながら近寄っていった。

また、夜、寺の塀際を歩いていたら、塀の上から急に猫が顔をつきだし、ちょっと待て、というのだった。なかに入ってこい、といっているらしかったが、その猫は前の猫とちがってひどくいばった感じで、頼んでいるというより、命令している感じだった。寺の境内は暗く、とても入っていく気にならなかったので、なるべく機嫌を損じないように鄭重に断ったら、しぶしぶ許してくれたようだった。

もしかしたら、私には猫語の才能があるのかもしれないと思っているこの頃である。

（日本経済新聞　一九九九年十一月二十一日）

この研究を世界ではじめて君がやることになる

少年よ大志を抱け、という言葉が小学生のころから耳にしみていた。けれども自分は少年ではなく少女であった。四十年も昔のことであるから、少女よ大志を抱けとは誰もいわない。少年の将来はみずから道を切り開いて築きあげてゆくものであるが、少女の将来は母親になることとおのずと決まっていた。

私は、少女だったが、大志にあこがれていた。自分も大志を抱いて、未来を切り開きたい。そう思っていた。その大志とは、世界中の本を読みつくすこと。

むろん成長するにしたがって大志は縮んでゆき、未来への視界も次第に雲におおわれてかすれていった。

職業は、技術者がいいと思った時期もあった。それなら自分にあっていて、人に頼らずにすむ職業であると思ったからだ。しかし大学を出るころにはまた心は揺れて、技術者としての未来を想定するのはむずかしくなった。私は優等生ではなく、性格も大雑把でとても研究者に向くタイプではないことがわかった。かといって、事務職にはもっと向いていない。

自分に向いている仕事は何なのだろうと考えあぐねているときに、私の卒業研究担当の教授がこんなことをいった。

「君は新しいことにチャレンジする勇気のある人だと思うから、この研究をしてみませんか。もしやれば、この研究を世界ではじめて君がやることになる、だから失敗の可能性も大きいけど、失敗したらしたでいいじゃないですか。どうせやるのなら、そのくらいむずかしいことにチャレンジするほうがかえって面白いですよ」

世界ではじめてという言葉を聞いて、私の胸に大志へのあこがれがよみがえった。

その教授は病身で、私が卒業するとまもなく亡くなった。私が師として尊敬する数少ない一人である。以来、私の生き方の姿勢が決まったように思う。とにかく失敗をおそれず納得のいくまで自分をぶつけてみよう、と。その言葉のおかげである。


（朝日新聞　二〇〇一年一月十七日　夕刊）

心残り——21世紀に持っていきたいもの

秋も深まってきて、一日のたつのがずいぶん早く感じられるようになりました。十月頃まではまだ空気に夏の残り香が混じっているようだったのに、十一月の声を聞いてからは、はっきり冬が近づいてきているのがわかります。秋の日はつるべ落としといいますが、よく晴れた日の夕方ころに、家の窓から外を眺めていると、雲が夕焼けに染まったと思う間もなく、夕日はあっという間に空からはがれ落ちるように沈んで、それと同時に西の空の赤みも急速に薄れ、闇の色にまぎれて消えてゆきます。

けれどもそれもまた束の間のことで、今度はいっせいに、車のライトや街燈や家々の窓明りが闇を塗り消すように輝きだします。鮮やかな光と闇の入れ代わりの景色は、見るたびに本当に美しいと思います。

私は今年の夏前に腰をちょっといためてしまって、いまだに外出を控えざるをえない状態なのです。

今年一年は、春先から体調をくずしっぱなしで、あまり仕事もせず、窓の外ばかり眺めている間に、残すところもあとわずか一月あまりになってしまいました。しかし考えてみれば、体の不調も大事にいたらずにすみ、むしろよくここまで無事に健康で生きてこられたと大げさでなく心の底から思います。何しろ、たった二年ほどではありますが、二十世紀の中間より前の生まれですから。

私の生まれる三年前に戦争が終わっています。戦争の記憶が風化するばかりなのも、無理ないのかもしれません。

今年、ということは今世紀も残りわずかになりました。子供のころからの、二十一世紀まで生きたい、という私の単純素朴な夢もどうやら、ほぼ叶えられそうです。そう思うと気持ちも自然に引き締まってきます。頭も心も新世紀に向けて切り替えのスイッチをいれなければならない時期にきたかとも思います。

せっかく新世紀を迎えるグッドタイミングに出会えたのですから、月並みですが、二十世紀に捨ててゆきたいものと二十一世紀にもってゆきたいものを自分なりに選別してみたい気持ちにかられました。

私は現在の暮らしにほぼ満足していますし、満五十二歳にもなった今は、未来にそれほどの希望をもつわけにはいきません。かといって、昔はよかったとは少しも思いませんし、むしろ、ほとんどすべての過去を忘れたいと思っている人間でもあります。こんな性分なので、自分が捨ててゆきたいものはよくわかりません。まず夫に意見を聞いてみました。

私の夫は、くやしくてならない記憶がひとつだけあるといいます。それは、二十五年ほど前に西鹿児島駅で買ったとんこつ弁当のこと。仕事で出張中、空腹でたまらぬときに、その弁当を買って列車に飛び乗り、さあ食べようと弁当を開いたら、二段重ねの弁当のおかずの方の折のなかがからっぽだった、あるのは折いっぱいの白いご飯だけ。実に悲しい思い出で、列車に乗るたびにそのことが思いだされて、暗い気持ちになる、というのです。でも今世紀が終わったらもうそのことはそろそろ忘れてやろうかなと真顔で申します。

実は私にも小学校四年生の時の運動会で、なぜか私の握り飯だけが紛失し、友人たちから分けてもらって食べたという悲しい思い出があって、やはり今でも時々思い出してしまうのです。それもそろそろ忘れたい、と思います。

もうひとつ、未来を見たいという先の希望も、二十世紀においてゆくしかないでしょう。私ども昭和二十年代の生まれの者が、子供のころに想像した未来社会は、せいぜい子供雑誌の未来予想図に刺激されて、外には立体交差の自動車道路や高層ビル、室内にはコンピュータやテレビ電話などのある暮らしといったところでした。鉄腕アトムなど手塚治虫が描いた世界が、未来の一つの方向と考えていたようでもあります。

それでも自分が作家になって、小説をパソコンで書くようになるとは想像できませんでした。

ファクシミリの普及も大変便利でしたが、パソコンというのもまた違った面白さがあります。これに間に合ったのは嬉しいことでした。

最近は原稿もメールでという希望が増えてきました。二十一世紀に入ったら、考えようか、というのが我が家の方針です。

ただ、こうした製品、最近の言葉でいうとIT機器というのかも知れませんが、これらが人と人の関係を変えているのも事実でしょう。ファクシミリ以前でしたら原稿は手渡しですし、そのための対面の時間が人との関係というものを感じさせました。

パソコンにしても、自分は部屋にいて、世界を引き寄せていることになります。そこでは自分が中心ですので、人との関係は希薄化することでしょう。それは、他の人への興味の持ち方の変化にもつながってくるでしょう。

私が新世紀に持ってゆきたいもの。一番は小説を面白いと思う気持ちです。それに、今まで書かれた小説の全部を次の世紀に持ってゆきたいと思います。

どんなつまらないといわれているものでも、切り捨てていいというものではありません。小説というのは、長い目で見れば、面白いといわれるものだけを残しても意味はありません。つまらない小説も五十年百年たてば面白いと思えるものに変質するからです。小説は、人の心と人の姿を描いたものです。それに興味を抱き、面白いと感じる感性がある限り、どんな小説でも楽しいものです。

だからこそ、他人への興味の持ち方が変化している時代の流れが、二十一世紀の小説をどんな立場に導くことになるのか心配です。

二十世紀の最後に心残りなことが、一つだけ生じました。新しいものをいつも面白がっていた義母が、あと五十九日という時に急に亡くなりました。二十一世紀に同行したかった一人だったのですが。

（日本経済新聞　二〇〇一年十一月十二日）

親からの頼まれごと

私の母親はこの二月十五日で満八十三歳になった。三年半前から、千葉県の柏市にあるグループホームで暮らしている。グループホームというのは、数年前から急速に普及してきた、認知症の人々のための少人数共同生活施設で、きめ細かい目配りをサービスの中心にする。

私の母親は、おそらく七十六歳前後から、アルツハイマー病に罹《かか》っていたらしく思われる。らしく思われるというのは、いっしょに暮らしていた、彼女の二つ年上の夫である私の父親が、それを隠していて、誰にも知らせなかったからである。知らせなかっただけでなく、故意に周囲との人づきあいを絶っていたようだ。

私のところへも、ある日、電話をかけてきて、「頼みがある」といった。「しばらくの間、家に来ないでもらいたい」という。あまりに不意だったので、私は、あっけにとられ、反射的に、「しばらくというのは、どのくらいの期間ですか？」とたずねてしまい、理由をたずねそこねた。

父親は、少しの間沈黙した後に、「いや、もうこれからずっと、来なくてもいい」とつづけ、「それから、一応念のためにいっておくけど、こないだ君の書いたことについては、別に何とも思っていないから、気にしないでいいよ」と、そこだけ妙に挑戦的な響きに変えて重ねると、一方的に電話を切った。

あとから思えば、それはＳＯＳの合図だったのだろう。しかし、その時の私はただ不快な気分になり、電話をかけ直すことをしなかった。

昔から、私たちは、話し合いというものをしない、ぎくしゃくした関係の親子なのである。私は小説の中で親の悪口を書きつづけてきた上に、ちょうどその頃、父親の隠してきた過去を承諾なしに調べ、尾ひれをつけて書いた小説『火夜』が、本になって間もなかった。ついに本気で怒らせてしまったと思った。

それ以来、音信不通でいた。およそ二年後に、両親の家の近所の人から、父親が救急病院に運ばれたことを電話で知らされた。駆けつけてみると、父親は血管性の認知症、母親はアルツハイマーによる認知症になっていて、とてもふつうの暮らしができる状態ではなくなっていた。

一ヵ月後に父親を看取り、母親を施設に入居させた。

自覚症状のない母親は、施設をいやがって、自由な生活を求め、しきりに独り暮らしをしたがる。自分の夫なのに、どうして誰も死んだことを知らせてくれなかったのかと怒る。自分が看病して看取るのがあたりまえなのになぜそうさせてくれなかったのか。

母親の意識には、時間の流れと変化が欠如している。その場で感じ、その場で考えることがすべてである。意志があり、希望があり、夢がある。それをどうして残酷に無視するのか。

そのたびに説明し、納得してもらう。その記憶は五分ともたない。そのことが本人には自覚がない。

見舞うたびに、狭い個室で鋭く談判される。なぜそんなささやかな願いがかなわないのか。それなら生きている甲斐がないから、食事を拒否して自殺する、と訴える。食事の知らせがあると、それを忘れて食堂へ行く母親に、それでも私はこれまでに経験がないほど、心をつくして、説明を繰り返す。五分ごとに。

先年の夏頃から、母親は、施設の日課である散歩を拒否するようになった。施設側からの依頼で私は見舞いにゆくと、母親を連れて散歩に出る。散歩というと拒否するので、外食や買物に誘う。目的がないと歩かない。彼女には目的意識が必要なのだと施設のスタッフがいう。

ゆっくり歩きながら、彼女ととぎれがちの話をする。見えている景色について。これから出かける場所について。放ってある家について。気まぐれによみがえる記憶について。

その言葉の端々で驚かされるのは、母親の自立心と自由への希求の異様な強さである。父親もそうだったと、今さらながら、彼の死にぶりを思いだす。彼は、妻より重症の認知症だと、医師に診断された瞬間ショック死した、といっても過言ではないほどに、突然逝ってしまった。

「お母さんは僕が最期まで面倒をみるから」と、朦朧《もうろう》とした意識の中で宣言しながら。認知症を患って後の父親と母親の両方の口から、次々に飛び出してきた拒絶の言葉の多くは、私が小説の中で書いてきた文章に酷似していた。元気だった頃の彼らの言葉は、私の書く文章とはまるで別世界のもののようだったのに。

それで今、私は、非常に小説を書きにくくなっている。

つい先日、母親と歩いていたら、「最近もまだ少しは書いている?」と聞かれた。「あなたはこわいことばかり書くから。でも何かやることがあるのはいいことね」と続いた。

（日本経済新聞　二〇〇八年二月十八日）

結婚の幸福

私は夫と二人暮らしです。子どもはできなかったので、家庭内はほとんど二人だけの世界。狭くて仕事用の本などで足の踏み場もないため、お客も招きません。快適ですが、未来に希望はありません。それもさっぱりしていい、と思っています。

お互いに、考えていること感じていることがわかる、と錯覚し合っています。結婚した理由もそのあたりにあります。宿命の伴侶、と勝手に思って幸福感に浸っています。

私の両親の結婚は違います。恋愛結婚だそうですが、裏の事情がありました。一九四五年の東京大空襲で、母の実家が焼失、婚約者だった父の家へ避難して、それが結婚生活の始まりでした。二〇一一年の東日本大震災後の吊り橋効果的な結婚増と実質は似ています。当時二十四歳だった父は結核を患い、すでに親もなくしていました。そんな相手と結婚した二十二歳の母は、結婚の理由を私に打ち明けてくれたことがあります。若い男はみな兵隊にとられ、内地に残っているのは病人か怪我人ばかり。母は七人姉妹の次女で、あとがつかえていたから急いで結婚しなければならず、相手を選ぶ余裕がなかったそうです。

父も、死ぬ準備だった、と打ち明けてくれたことがあります。当時はみな、すぐに死ぬと思っていた、といいます。

結婚の理由なんて人それぞれです。時代や環境で理由は変わります。でも、一人でいたくない、その人といたい、新しい家族をつくりたい、と思うのは、どんなときでも変わらない結婚の理由だと思います。

死ぬ準備、と父はいいましたが、たしかに生物は、生命の危機を感じとると、フル回転で生きる努力をします。寿命が長い生物ほど、生む子どもの数は少なく、育児は過保護です。それが度を超すと、繁殖力が激変し、絶滅に向かいます。寿命の短い生物類は、成長速度も親になる速度も早く、とにかく時間がないので一途です。

共通しているのは、できるだけ強い相手と結婚し、強い子どもを残そうとすることです。結婚しない。子どもはいらない。そんなことをいいだす後ろ向きの生物は、人間だけ。

というわけで、現代の人間の若者たちは、少し、考え方がぼんやりしているような気がします。

自由に生きるのがよい、という漠然とした思いはあるが、具体的にはどうしたらよいかは、わかっていないみたい。例えば、小説家が自由でいいから小説家になりたいと思うけど、どう

すればなれますか、と相談されることがよくあります。（私は短大で小説創作講座を担当しています）

小説は、書きたい人が書く。あるいは書かずにいられない人が書く。当然、自己流です。どうすれば売れる作品を書けるか、と聞かれて、困惑します。マイペースなのに、人に頼りすぎる。

そこは自分で考えないと。

結婚したいのは、幸せになりたいから。

私もえらそうなことはいえませんが。

お互いに、結婚すると自分の自由が減る、と警戒して、別居結婚にしようか、と相談したくらいです。二人とも物書き商売だったせいもあります。せっかく愛する人に出会えたのに結婚することで不仲になりたくなかった、という思いもありました。争わないように。相手のいやがることをしないように。相手の喜びに敏感になって。

何しろ、好きでなければいっしょにいる理由がない、という気難しい二人だったのです。

でもやってみたら想定外のほうが多かった。自分より相手を優先するのが楽しかったとか、自分が喜ぶと相手が二倍喜ぶとか。何といっても最大のメリットは、ストレスからの解放でした。結婚はストレスの源かと覚悟していたのに、逆でした。一人で生きることがいかにストレスが大きいか、よくわかりました。書けなくなったらどうしよう、と一人のときはいつも不安でしたが、それが、何とかなるさ、に変わりました。幸福と不幸の基準も変わりました。一人の幸福は、だれにも邪魔されない静けさであり、仕事への没頭でした。一人の不幸は、失敗したら取り返しがつかない恐怖感でした。

どっちつかずのリラックスタイムが、結婚後に出現しました。交代できる気楽さも新しく知りました。

夫の友達が無条件に私の友達になってくれました。夫の好物が私の好物に加わりました。相手の健康を考えていたら自分が先に健康になりました。

一人ぼっちどうしの結婚のはずでしたが、今では大きな家族のなかにとけ込んでいるような気分です。

だれもが同じようにゆくわけはありません。うまくいったことばかり私は書きましたが、うまくいかなかったこともたくさん裏にはあります。でも気にしないといえるだけの元気が育ちました。結婚が世界中でベストの制度として踏襲されたのもなるほどと思います。

好きだった人を急に嫌いになったり、嫌いだった人を好きになったり、いろいろあるのも当たり前。

父と母は深く愛し合っている、と私はずっと信じてきました。仲良しで有名な二人でした。でも、あとになって、仮面の夫婦だったのよ、と母はいいました。だって世間的にも理想の家庭のほうがいいでしょ。子どもだってそのほうが幸せよ。認知症になってからの言葉なので、嘘か本当かわかりませんけれど。でもそういう思いもきっと母の心にはあったのでしょうね。子どもだった私がそれを感じて、家を好きになれなかったのかもしれません。

（「あけぼの」二〇一二年十月）

父娘の銀座

東京下町で生まれ育った私にとって、銀座は、東京の中心地というイメージがある。華やかな憧れの東京、である。それだけに、銀座は、自分に用のある場所ではないというような気がして、若いころは近づくきっかけもなかった。

しかし三十八歳のときに、まったく思いがけないことで銀座に用事ができた。

二十年あまり前の話である。私は成人後、ずっと独り暮らしを続けてきた。実家も同じ東京にあったが、家族そろっての生来のつきあい下手から、おたがいに連絡しあうということがほとんどなかった。用もなかった。私の書いた小説が雑誌に掲載されるようになったときも、勤めをやめて小説に専念することになったときも、知らせなかった。

結婚することになったときだけは、さすがに電話で知らせた。もっと若いときのことだったら相談もしただろうが、四十近くになってからの同棲、結婚なので、事後報告ということですませた。相手は高校の上級生で、私の兄も妹も同じ高校を出ていた。夫の実家と母親の実家がごく近所だった。そんなことだけ簡単に伝えた。

その際の親の反応は鈍いものだった。驚いていたような気もするし、がっかりしていたような気配もなくはなかった。喜ぶということはなかった。すでに兄も妹も結婚していたが、私のことは結婚しないと勝手に思いこんでいたのかもしれない。

数日後、父が電話で、相手の人に会って話したい、といってきた。

「銀座まで出てきてくれるかい」

「銀座？」

「そうだよ。僕は今、毎日銀座の事務所に通っているんだ。お昼をごちそうするよ」

待ち合わせに指定された場所は松屋内の喫茶室だった。

「同級生が八丁堀とか京橋とかにいたから高校時代から銀座はよく散歩してたよ。銀座でバイトしたこともあるし」

という夫に連れられて、昼前の十一時にそこへ行った。父は近くのホテルのレストランへ案内するといったが、愛想のない私たちはそれを辞退して、その喫茶室でコーヒーとサンドイッチを頼んでもらった。

ぎこちなく簡単な挨拶をすませた後、食事をとりながら、父は、上機嫌な様子になって、しばらく前から二丁目にある古紙センターという法人に籍をおいて、日本全国を忙しく飛び回っている、という話を主に夫に向けて話した。近く、アメリカとヨーロッパに視察に出かけるという話もせかせかとつけくわえた。

ふしぎなことだが、父と家の外で会うのは、それがほとんど初めての経験だった。そんなふうに自分の仕事の話を自慢げに語る父を見るのも初めてであった。

やがて父はふと改まった顔になって、

「娘はいまアブラがのっていますから、どうか思う存分仕事をさせてやってください。お願いします。きょうはそれを一言いいたかった」

と、いった。私がびっくりしていると、

「僕には、この人の書いているものはむずかしくてわかりませんが、女房はよく読んでいるようです」

と言葉を重ねた。夫はどう返事をしてよいかわからなくて困っているような顔をして、ハイと小さくいってうつむいていた。

夫は私の小説を読んだことがない。読まないように私が頼んでいたからだ。読まれると思うと、書きにくい。人の悪口が書けなくなる。身も蓋もないいい方をすれば、私の小説のテーマは親の悪口だ。

それにその当時私はアブラなど少しものっていなかった。どちらかといえばアブラッ気が抜けていて、小説への意欲が薄れていた。そのことと結婚と関係があるかどうかは自分でもわからないが、しかし父親から夫へそういうずれたことをいってもらいたくなかった。恥ずかしかった。

帰り際、父は「お祝いだよ」といって茶封筒をくれた。後であけてみると、現金で百万円が入っていた。

父は十七歳で親をなくしてから荒川区南千住にあった製紙会社に勤めて地味なサラリーマン生活を送ってきた。戦後すぐに結婚して、子供も三人生まれてから、一年ほど肺結核の療養生活を送り、回復後は夜間の高校・大学に通って卒業した。工員が技術者になり、最後は工場長になって定年退職した。

私の子供時代は、父の療養と夜学時代に重なっている。時間的にも精神的にも余裕がなく、いつも追い詰められたようにぴりぴり神経を尖らせていた。家のなかでは私たち家族は息を詰めておとなしく暮らすしかなかった。本当に、華やかな銀座とは縁のない、重苦しく不器用な現実にとじこめられていた。

しかし父は六十歳を過ぎて銀座に進出し、花開いた。あれだけ人嫌いだった父が毎日のように全国のデパートなどで大勢の人を前に、自分の企画で古紙から手漉きの紙をつくるショーをやっているのだという。それが「すごく楽しいんだよ」という。それまで海外旅行などしたことのない父が単身で二ヵ月も出張してくるという。そういうことを父は実にうれしそうに喋った。水を得ると人はこんなにも明るく変われるのだと私は感心した。銀座の水は父に命を吹きこんだ、と今でも思っている。

結婚直後に泉鏡花文学賞をもらうことになって、私の作家生活は否応もなく再開された。結果、思う存分書いたともいえないけれども、作家の水はだんだん私に合わなくなってきて、現在の私はまったく小説を書かなくなった。そのかわりに、女子大で小説創作の講座を受け持っている。それがとても楽しい。

銀座へはいつの間にか日常的に出かけるようになっている。三笠会館で会議に出席したり、銀座コアの香十へ線香を買いに行ったりする。最近気に入っているのは、道の広さである。道が広いと空も広く見える。年をとってから身近な街になった。

（「銀座百点」二〇〇八年十二月号）

第五章　本棚と散歩道

運河

家の近所を流れている竪川の水は汚いが、それでも魚が何種類も泳いでいる。季節にはおたまじゃくしもいる。水面をおおうほどに大量のミズクラゲが浮遊することもしばしばである。魚の主なものはボラであるが、はぜ、鯉などもいる。魚をねらって、カモ、カモメなどの水鳥が飛来する。たまにはカワウもやってくる。ネズミが橋の下の方の水辺で、コケのようなものを食べている姿を見ることもある。東京の片隅の、どぶ川のような運河に、それほど多種類の生き物が暮らしているのを見届けるたび、生き物の生きる力の強いことに感心する。

竪川は、隅田川から東方向に枝分かれして墨田区の南部を流れる運河である。首都高速小松川線が、その上をふたするように重なって走っている。首都高の橋脚部分は、水中である。川沿いには水面を囲いこむように、マンションや倉庫などの背の高いビルなどがたちならんでいる。水運にはまったく利用されなくなっていて、数年前から一部を埋め立てて公園にする工事が進んでいる。

　平年なら水深一、二メートルの透明度はある。ところが今年は、四月に雨が多かったせいもあって、水の濁りがひどい。毎春、南の海から隅田川を通ってやってくるはずのボラがいつまでも姿を現さず、この川もとうとう魚に見捨てられてしまったかと心配していたが、やっと六月の半ばになって浅瀬で群泳する幼魚たちを発見し、思わず歓声をあげた。ボラは、日のあたる浅いところで、はしゃぎまわるように身をひるがえしあうので、腹がきらりきらりと光って見えるのである。

　ボラたちはこの近辺で育って、成魚になる秋頃、隅田川へ出ていく。さらに東京湾へ下り、それからまた南へ旅して、どこか温かい海域で恋をし、産卵し、春になるとまたその子どもたちが東京湾から隅田川経由で竪川まで戻ってくる。竪川にたどりつくまでの間に、女の小指ほどの大きさに育っている。そしてここで二、三十センチに成長する。

　五年ほど前、友人のOさんから電話があった。柳橋の料理屋で、隅田川でとれたボラがあるが食べてみる気があるか、といわれて、天ぷらにしてもらって食べたそうである。どうだったと聞くと、「おいしかったよ。料理屋で出すのだから心配はしていなかったけど」といっていた。私も食べてみたかった。

　竪川でもボラをとるのは難しくないだろう。しかし隅田川にくらべて倍ほども水が黒いので、食べるのは遠慮したい。

私の近所では、隅田川はもちろん、小名木川、横川などの運河でも、釣り糸を垂れている人をよく見かける。不景気の先が見えなくなったこの二、三年は、とくに釣人の数も増えた。釣った魚を食べるのかどうか知らないが、中毒したという話も聞かない。竪川にすむ魚も、竪川の水を飲んで、おなかをこわさないとよいと思う。


（日本経済新聞　一九九八年七月六日　夕刊）

羽のある魚

今から四年前の夏のある日、近所の竪川にかかる三之橋から水面を眺めていて、変な生き物を見つけた。

竪川は江戸時代に隅田川からひかれた運河で、隅田川寄りから一之橋、二之橋、三之橋と順番に殺風景な名前の橋がかかっている。我が家の前を走っている道路は三ツ目通りであって、その通りと竪川が交差する所が三之橋である。

私は散歩の途中で川をのぞきこんでいろいろな生き物を見つけるのを日々の楽しみにしているが、それは今までに一度も見たことがないようなものだった。午後の炎天下に、一時間以上も、それが何であるか確かめたくて、観察を続けた。ふしぎな美しい虫のようで、たとえていえば、水色とピンクのまだらの羽を広げた蝶々が、優雅に身をくねらせて魚のように水面近くを泳いでいるといった様子なのである。大きさは数センチ、羽を広げると幅も長さも同じくらい。広げた二枚の羽には黒い輪が対になった模様がある。その回りがパステルカラーに染まっている。数は十匹くらい。一か所に寄り集まって、編隊を組んでいる感じだ。水上ではなく、水面下である。川をさかのぼる方向に泳いでいるのだが、水の流れと同じくらいのスピードなので、実質的にはいっこうに進まない。なにしろ、幻のように美しく、はかない光景といった印象だった。カーキ色に汚れた水面で、それらはひどく場違いに目立っていた。米粒のなかにルビーやサファイヤの粒がまじっているような目立ち方だった。

走れば一分で往復できる我が家にカメラをとりに戻りたかったが、とりにいっている間にいなくなりそうな気がして動けなかった。そのうち、暑さでめまいがしてきた。私は懸命にその姿や色や動きの具合を自分の頭と目に焼きつけ、あきらめて家に帰った。そして五分ほど家でやすんでから、もういないだろうとは思ったが、カメラをもってまた橋まで出直した。するとそれは思いがけずまだ同じ場所にいた。私は、橋の上から夢中で何度もシャッターを切った。水面まで五メートル以上はあるかと思われるところを、水面下にいる数センチの微妙な姿と色のものを写そうというのだから、はじめから自信はなかったが、あとで粒子が荒くなるまでのばしてみると、案外、しっかりと写っていた。この写真をもとに図鑑で調べたが、よくわからない。虫だと思うのだが、羽を広げて水中を泳ぐ虫というのは、思いつかない。水すましのたぐいは水面上で活動する。

前回書いた、隅田川のボラを食べた友人に、写真を見せて問い合わせた。この友人は博識で、何か質問すると必ず答えを見つけてくれるといったありがたい人である。

「それはトビウオの子かもしれないね」

かれは説明した。その年（一九九四年、夏）は、黒潮の水温が異常に高くなっていて、二十八度もあり、そのために東京湾から隅田川をさかのぼってくる魚の種類も例年より多くなっているのだそうだった。

（日本経済新聞　一九九八年七月十三日　夕刊）

ハードボイルド

子どもが本を読まなくなったといっておとなは嘆くが、おとなもあまり本を読まなくなったのではないか。電車に乗っても、本を読んでいる人の数は十年前にくらべるとずいぶん減ったように思う。おとなが本を読まなければ子どもも読まないのはあたりまえである。

私は、本好きの父親に影響されて、本というものはこの世の何よりも面白いもの、と思ってそだった。面白いだけでなく、本をたくさん読む人は人に尊敬される、とも思っていた。気難しい父親が本を読んでいるときには機嫌がよい。わからないこと、知りたいことがあれば、それが書いてある本をさがせばよい。本には何でも書いてある。世の中にはどんな本だってある。四十年前、私は本について、製紙関係の技術者である父親からそんなふうに教育された。本をたくさん読むという理由で、父親は親戚の者や近所の人々から、「よく勉強してえらい人だ」といわれていた。

私も、子どものころ、本がなかったら生きてゆけないと思いこむほど、夢中になって読みふけった。本は、ページを開けば別の世界がひらける魔法のドアだった。ためになるからではなく、楽しくて面白くて、ページを閉じるまで快感に包まれつづけることができる。この世にある限りの本を読みつくすのが私の長年の夢だったが、自分で小説を書くようになってから、それが物理的に無理だとわかって、無駄な読書はしない方針に切り換えた。

テレビの普及時代より以前に読書の習慣を身につけることができたのは、今思うとありがたい。本の面白さにくらべると、テレビの面白さは一過性で、頭脳や感情の芯まで届かず物足りない。

幼いころに読書の味を知った私と同世代の友人たちの多くは、いまだにいちばんの楽しみとして本を読み続けていて、ほかの娯楽にかえようとしない。その代表的な一人であるSさんは、日に一冊の本を消費する。通勤の往復で読み、本を読みながら晩酌をする人である。Sさんは読みおわった本のうち、読みやすそうなものを選んで、遠く離れた故郷に住むご両親の慰めに送るということをこの数年続けている。ご両親は八十に近い七十代である。若いころは本を読むどころの生活ではなかったというが、息子のおかげで読書の習慣があっという間に身についていて、「読むものがなくなったから早く送ってくれ」の催促がくるようになり、読書傾向もはっきりしてきた。ご老母に、「大沢在昌の新宿鮫の新作はまだ出ないのか、あれは面白いから早く続きを捜して送ってほしい」といわれたといって、「おれの母親がハードボイルドが好きとは思っていなかった。何だか母親がおそろしくなってきた」とぶつぶつ呟いている。

長寿時代になって、若い人が本を読まなくなったかわりに、近いうちに老人読書天国が出現すると私は予想している。

（日本経済新聞　一九九八年八月三日　夕刊）

私の本棚

私の場合、われを忘れて読みふける本は、子どものころから現在にいたるまで、小説形式の物語が中心である。小説の言葉は、私のなかにひそむ命の芯のようなものを刺激して、いわば生命を活性化させてくれる。読書は、人の話をじっくり聞くのと似ている。そして読めば読むほど読みたくなり、ある程度、読書にたんのうすると、今度は自分で小説を書きたくなる。読んでは書き、書いては読む。それが、いいようもなく楽しい。

人々がどんなふうに日々を暮らしているのか、自分がどんな生活をしたいと感じているのか、それを写してあるものが小説なのだと私は思っている。自分は一人しかいない。自分のかわりに生きてくれる人は誰もいない。他人のかわりに生きることもできない。誰もが生まれてはじめてこの世で暮しているのである。私はもう、この世に生まれてくるのが五回目だからどうということはない、とはいえないのだ。

蟻一匹でも目に映れば、ああ、蟻が生きている、と思って嬉しくなる。

誰かがどこかでこんなことを考えながら生きている、という実感をほうふつとさせてくれる読み物なら、小説でなくても喜んで読む。

何度も読んだがまたいつ読みたくなるかわからないので手離すことができない本ベスト三十点を、本棚に並んでいる順（でたらめ）に並べてみる。

半村良『能登怪異譚』『産霊山秘録』、大庭みな子『三匹の蟹』、吉田健一『金沢』、内田百閒『冥途』『サラサーテの盤』、モーリヤック『テレーズ・デスケイルゥ』、ガルシン『ガルシン短篇集』、岡本綺堂『半七捕物帳』、夢枕獏『涅槃の王』夏目激石『漱石全集』、三浦哲郎『おろおろ草紙』、山田正紀『顔のない神々』、井伏鱒二『川』、荒俣宏『帝都物語』、赤羽英『カラコルムの悲劇』、陳舜臣『方雲園』、小野不由美『東京異聞』、アイザック・ディネーセン『アフリカの日々』、石井研堂『明治事物起源』、本川達雄『ゾウの時間ネズミの時間』、秋山駿『舗石の思想』、牧野富太郎『植物知識』、豊島寛彰『隅田川とその両岸補遺』、高橋健司『空の名前』、川添登『東京の原風景』、川本三郎『荷風と東京』、立川昭二『江戸病草紙』、オリバー・

サックス『妻を帽子とまちがえた男』、オパーリン『生命の起源と生化学』

このなかでもし今生きていたとしたら最年長なのが一八六二年生まれの牧野富太郎。次が石井研堂で一八六五年生まれ。若い方では現役の小野不由美氏あたり。生年でざっと百年近くの幅があるが、古文や外国語を読む力のない私の実感でいうと、何の予備知識もなしに読んでも面白がれるのは、自分の生まれた年からせいぜい百年くらいまでに書かれたもの。それ以上昔のものは、私にとっては古文の部類と感じられてしまうからだ。

（日本経済新聞　一九九八年八月十七日　夕刊）

辞書づくりのアルバイト

本を読み書きするのが生き甲斐の人間にとって、言葉と文字は大事な道具である。本が好きなのか、言葉が好きなのか、文字が好きなのか、自分でも見極めがついていない。愛読書には各種の辞書辞典類も含まれるが、昔、私にとって辞典の作者というものは謎に包まれた存在だった。小説とか詩集、研究書といった一般的な本なら、作者が好きで書いているのだろう、と自分に引きつけて考えることもできたが、辞典類だけは、誰かによって書かれたものという意識さえなかった。辞典はどこを読んでも作者の顔が現れてこない。とくに国語辞典と漢和辞典はそうである。学校教育を通じて「辞典で調べる」勉強方法が身についたのか、もっとも見近にあって手離せない本が辞典なのだが、もっとも作者が遠くに隠れている。まるで教科書や法律書と同じで、人が学ぶための公文書のような書物なのだと漠然と感じていたようだ。

けれどもおとなになってから、教科書にも『作者』がいることを知り、辞典に書いてある内容は法律のような公文書ではなくて、いってみれば私文書である、という事実に気がついた。一人の作者（編者）が長い年月をついやして、あるいは親子二代にわたって書き継いだ辞典のあることとも知った。

私の知り合いのフリーの編集者は、あるとき出版社で大国語辞典づくりのスタッフとして働いたことがある。辞典づくりのノウハウを知ることができると思って、私はわくわくしながら話をきいた。スタッフはアルバイトの彼女と社員が一人の合計二人。「二人でこつこつ書いてゆくの？」とびっくりしてたずねたら、「いえいえ、何も書きません。毎日、えんえんと見出しの語彙のゴム印押してます。曲がらないように気をつけなければいけないんですけど、ものすごい単調な作業ですよ」という答えが返ってきた。かの女の仕事は辞典づくりの準備であるということであった。ひとつの項目のゴム印を押したものをいくつもつくり、そこにそれぞれ既成の辞典に書かれている内容を写すところまでが彼女の仕事である。

たとえば学生用のコンパクトな国語辞典でも五万語は掲載されている。新村出氏力作の広辞苑では約二十万語の収載ということだ。一種類のゴム印を既成の国語辞典の数だけ、たとえば少なく見積もって十ずつ押すと仮定する。コンパクトな辞典でも五万語だから五十万回、広辞苑なみなら二百万回もゴム印を押すことになる。彼女はおよそ三年間でそのアルバイトをやめたようだが、はたして全項目のゴム印は押せたのだろうか。まだその辞書が出版されたという話は聞いていない。もう十年以上も前の話なのだけれども。

よけいな話だが、広辞苑には「広辞苑」の項目がない。「国語辞典」も載っていない「漢和」の項目、「漢和辞典」の小項目はあるのに、ふしぎなことである。「辞書」「字書」「字典」「事典」「辞典」「学引」はあるがどこにも「国語辞典」の言葉はないのである。

（日本経済新聞　一九九八年八月二十四日　夕刊）

辞書をつくる人

私の友人に十数年来、パソコン用の漢字辞書づくりに没頭している男性がいる。長い間、コンピュータを使って会社のシステムづくりの仕事をしてきた工学部出身の人で、コンピュータのプロである。彼の子どもが中学生のころ、パソコンを使っていて、欲しい漢字が出てこない、という訴えをしばしばした。それなら自分がすべての漢字とその基本的な意味と出典を網羅した辞書をつくってやろうと子どもに約束したのだという。

ワードプロセッサ用のＪＩＳ規格に入っている漢字のチェックからはじめた。手に入るかぎりの既成の辞書から、意味と出典、用例をひろってゆく。普及度の大きい第一水準の文字は問題なくクリアできたが、第二水準の文字のなかに、その時点でのどんな既成の辞書にも載っていないものが二十四もあった。なぜ、そんな漢字がＪＩＳ規格に取り入れられたか、彼の古いゴルフ友達である私の夫が依頼を受けて、通産省をたずね、その理由を係の人に質問した。その答えは、わからないというものだった。制定してからの時間もさほどたっていないし、調べると何か不都合があるのかと、夫は首を傾げていた。それが七、八年前のこと。その後、国字や地名、人名などを調べたり、大修館の「大漢語林」の新版でかなりの数が判明したりした。現在に至っても不明なものは七つになった。

彼は一人で辞書、図鑑、古書の類を総チェックしながら、ＡからアルファベットＺ順にＺを目指して進んでゆくのである。ノルマは一日に百行。これを勤めをしながら続けてきた。途中でいやになって投げ出そうとすると、この辞書づくりのきっかけになったご子息を思い出すという。「一度はじめたことは最後までやり通しなさいといってきたのに、自分がやめられるか」と。親の意地が原動力のようである。

二年ほどまえに定年を迎えて勤めをやめ、作業だけに没頭できるようになったが、一生かかっても終わりそうもないといって彼は苦笑している。そのご子息はすでに大学院を卒業し、結婚もした。彼の家を訪問すると、コンピュータが何台も並び、紙の束が山をなしている。

辞書づくりの副産物として、好奇心旺盛の彼は、千ページに及ぶ水棲動植物漢字辞典をまとめた。漢字、分類、学名まで網羅してある。「昆虫を調べ出したら、いや、昆虫って面白いよ」

といって、今度は昆虫漢字辞典をつくる計画をたてている。それが終わったら植物だそうである。私たち夫婦にとってこの人は貴重な生き字引である。たとえば「音波って何?」「二進法ってどういうこと?」と無邪気に質問すると、どんな参考書より、どんな教師より、明確にわかりやすく説明してくれる。それでいて、楽しい大切なゴルフ友達でもある。

ちなみに、いまだに不明なJIS規格第二水準の漢字は次の七つである。

彁、烋、挧、暃、碵、穃、粫

(日本経済新聞　一九九八年八月三十一日　夕刊)

再び、トビウオ

七月にこの欄で『羽のある魚』と題し、近所の川で見つけたトビウオの幼魚のことを書いた。するとつい先日、清水市にある東海大学社会教育センターに勤務するNさんが、その文章を読んだといって手紙を下さった。同センターには日本屈指の立派な水族館があり、そこで産卵、孵化したトビウオの赤ちゃんを短期間だが展示していて、人気を呼んでいる、と教えてくれた。手紙と一緒に、そのトビウオの赤ちゃんの写真も三葉、送っていただいた。

一葉は、短い胴体に大きな羽のついている、黒っぽい虫のような姿。

人間の指がいっしょに写っていて大きさがわかりやすい。ちょうど人間の中指の指先から第一関節の間におさまる大きさだから、長さ二、三センチ、幅は羽を広げてやはり二、三センチにもなろうか。

別の一葉は、細長い胴体に小さな羽がついている、いかにもトビウオの小型といったもの。

そしてもう一葉は、小さなピンクのボディに四枚の大きな黄色っぽい羽が生え、両目のあたりがブルーに染まった、蝶々以外の何ものにも見えない姿が写っている。それは、まさしく私が、東京都墨田区を流れる竪川にかかる三之橋から眺めて水面に見つけたのとまったく同じものであった。私が川で見たのは、数匹の群泳であったが、大きさはいろいろでも、色は白っぽく、形は蝶々のようで、どれも写真のピンクの蝶々ふうのものと同じものだった。これだ、と思ったとき、私の胸はふしぎに締めつけられたように苦しくなった。

以前、いろいろな図鑑類を調べたが、トビウオの幼魚の写真はどこにも載っていなくて、イラストがあったのが一種類で、あとは幼魚についての記述もほとんどなかった。この写真は、大変貴重なものなのではないだろうか。

もう一度見たいと思っていたものを、こうして思いがけなくNさんの親切によって、見せてもらった。夢のようにおぼろだったものが、はっきりとした現実の形になって、私はみょうに安堵した。

Nさんとは、十年ほど前に知り合った。社会教育センターが何年も続けて行っていた講演会に、私もよばれて行って、自分の小説について話をした。そのとき、Nさんがずっとついて世話をしてくださった。講演というのは、日頃、自室にこもっている人間が、急に知らない人々の前に出て慣れない話をするのだから、ひどく疲れる。そういうときに、Nさんはそばについていて緊張をやわらげてくれたありがたい人であった。

そして二、三年前、前回のこの欄で紹介した『辞書をつくる人』のKさんが、魚毒についてくわしく知りたがっていたので、Nさんに相談した。そのときもNさんは、親切にいくつかの文献を教えてくれた。素敵な人、というのはこういう人のことをいうのだろう。

ぜひ近いうちに一度、Nさんとトビウオの幼魚に会いに、清水市を再訪したいと思っている。

（日本経済新聞　一九九八年九月七日　夕刊）

侵入者

ある日のこと、夫婦で外出先から戻った私はトイレに入った。ドアをあけた瞬間、なにか変な気がした。

我が家のトイレは、ドアをあけると右手に便器があり、その奥の壁に接して水タンクがある。水タンクの右横にはパイプが一本通っている。その下に掃除道具を押し込んである。左側の隙間にはトイレットペーパーが積んである。水タンクの真下は便器の陰になっていて手も届かないのをいいことに、めったに掃除したこともないまま放ってある。

私は、水タンクの真下をじっと見つめた。そこがいつもと何かちがう、と感じたからだ。そして自分をなっとくさせるようにこう考えた。〈あそこに溜まった埃が風で動いたのだ。それにしてもずいぶん埃が溜まってしまった〉

頭がぼんやりしてきたが、なおもしばらくその隅を睨み続け、〈なぜ、あの下が、隙間なく埃で埋まっているのか。ぎっしり詰まっている埃のかたまりが、なぜあんなに軽そうにふわふわと揺れているのか〉とふしぎに思い、そして突然、〈こんなに急に埃が増えるなんてぜったいにおかしい！〉と気がついたのである。

幅三十センチ、高さ十五センチ、奥行き二十センチほどの空間が、すっかり灰色の埃で埋もれている。それが生き物のようにうごめいている。まるで埃のお化けである。

理解できないものに出くわすと、私はとりあえず行動を中止し、ひたすらに見つめるらしい。おーい、どうした、と夫の声がしてから、私はやっとそれから目をはなし、「トイレに変な、埃っぽい動物みたいなものがいる。大きさは猫か犬くらい。でも見たことがない動物のような気がする」と、案外、まともな報告をした。

夫がやってきた。

何かいるでしょ？　何かいるみたいだな。どこかで飼っていたペットが逃げ出して、入りこんだんだろうな。タヌキとかアライグマとかだったら危ないわよ。水を飲んだな。

見ると、白い便器の中に、べったりと黒い足跡がいくつもついていた。猫の足跡みたいだな、と猫好きの夫が判断した。夫が水タンクを叩くと、どこが頭だか背中だかも見分けられなかったそれは、ようやく顔をこちらに向けた。猫だった。埃とまぎらわしい色の長い毛をふさふささせた太った見慣れぬ猫で、外国種らしかった。

「追い出すからドアをあけておいて」。夫におどされてはい出してきたその埃色猫は、トイレに近い玄関ドアからではなく、遠回りに室内を横断してベランダへと突進していった。外出中、細めにあけておいた窓からベランダ越しに入ってきたらしく、律儀に出る時も同じところを利用したのだった。室内に点々と黒い足跡が残ったのはいうまでもない。

我がマンションは、動物を飼うことが黙認されているので、犬や猫の鳴き声や臭いに悩まされることもしばしばある。後日、その猫の住まいは判明した。同じ間取りの自宅のトイレと間違えてくつろいでいるところを、我々に邪魔されたようだ。どうも気を悪くしたらしく、その後はトイレで対面していない。

（日本経済新聞　一九九八年九月十四日　夕刊）

ファーストコンタクト

前回、猫の侵入のことを書いたが、私と猫との最初の遭遇は小学生のときだった。そのときもやはりびっくりさせられた。

今からおよそ四十年前になる。私はその頃、足立区千住の製紙会社社宅に住んでいた。当時の千住は隅田川沿いに工場の立ち並ぶ、交通不便なさびしいところだった。我が家のまわりには空き地が多く、道を歩いていても、いわゆる通行人というものがほとんどなかった。道で出会うのは、顔見知りばかり。家の戸締りをするのは夜寝るときだけで、当時はそれがふつうのことだったのだ。

犬を放し飼いにする人も多くて、とくに夕方から夜間は、鎖を解き放たれた犬たちが自由きままな散歩の時間を楽しんでいた。野良犬も多かった。子供はよくそんな犬に吠えかかられたり、かみつかれたりする事故が多く、私も幼いころに何度かそういう目にあって、すっかり動物嫌いになってしまっていた。ついでに同じ動物だというので、猫もこわいと思いこんでしまった。猫は、飛びかかってきたりすることはなく、かえって人間がくると逃げるから、犬ほどではなかったが、やはり、不気味な存在だった。

たまたま留守番をしていたある日のこと。茶の間で一人、すわって本を読んでいたら、ふいにどこからともなく一匹の黒猫が現れて、人の顔を見るとニャアと鳴き、それで挨拶はすんだとでもいうように、膝の上にすわりこんでしまった。それからどのくらいそのままの姿勢でいたろうか。ひどく長く感じたけれども、実際には五分かそこらだったかもしれない。その間私は、動いてはいけないと思って、緊張して固くなっていた。

私は猫の気持ちがわからないので、なでてよいのか、追い払うべきなのか迷って、ずっと緊張して姿勢を崩すことができないままだった。それより何より、何を考えているかわからない相手の体に触ることがこわかったのである。

猫は背を向けて私の膝にすわってくつろいでいる。私は猫を膝に乗せて、正座したままじっとしている。

やがてその猫は、気がすんだというように、むっくりとたちあがって、振り向きもせずに出ていってしまった。

私が猫を知らなくても、猫の方が私を見かけたことがあって訪ねてきたのかもしれないし、たまたま通りかかって、気まぐれに、こいつなら大丈夫そうだと思って試しにのってみたのかもしれない。その後、二度とやってくることはなく、外でも見かけることがなかったので、どのどういう猫だかわからずじまいである。

そのときは、言葉が通じないので、得体が知れないと思っていたが、四十年たった今では、猫だけでなく人間もあの時の猫と同じように、容易には言葉も気持ちもわからないものなのだと、身にしみてわかるようになってきた。

（日本経済新聞　一九九八年九月二十一日　夕刊）

またまた、猫

すでに二度も猫の侵入について書いたが、もう一回。文京区向丘のアパートに住んでいたころのこと。

私は当時二十代の後半、勤めながら小説を書き始めていた。勤め先は歩いて三分のところにあり、朝九時すぎに出かけて、六時前後に外で食事をすませてから帰宅する。帰ると二時間ほど寝てから、夜明けまで小説を書き、それからまた少し眠ったあとで出勤するという生活を続けていた。いつも眠くてふらふらしていた。

ある日、帰ると部屋の中に黒っぽい猫がいて、私を見て、にゃ、と鳴いた。細めにあけてあった窓から入りこんだらしい。私が近づいても逃げようとしない。ドアをあけて、出て行きなさい、というと、いやだね、とでもいうようにそっぽを向き、そのまま動こうとしない。

私が借りていた部屋は一階の一Kで、ドアを入ると四畳半くらいの広さのキッチンに続いて六畳の和室があり、奥にトイレがついていた。キッチンに小説を書くためのスチールの机があり、和室はベッドが占領している。

動かない猫にあきらめて私はベッドで仮眠し、夜中に起きて小説を書き、明け方に寝て、八時すぎに起き、バタバタと勤めに出かけていった。私が寝ている間に猫はどこかに姿をくらまし、朝になっても姿を見せなかった。もちろん出かけるときには窓は全部閉めていった。

ところが夕方、勤め先から戻ってみると、ドアの前に猫がいる。人の顔を見て、遅かったじゃないかというようにニャアと鳴く。ドアをあけると私の足の間をすりぬけて先に入って行き、あっという間にベッドの下に走りこんでしまった。呼んでも出てこないので、しかたなく私は下に猫がひそんでいるベッドにもぐりこみ、いつものように眠った。翌日は、私が出勤するときに、猫も待っていていっしょにドアを出た。

帰るとまた猫がいて、いっしょに入った。それから毎日、猫は私といっしょに出入りした。つい愛着が出て、猫の姿を玄関前に見つけるのが楽しみになった。

この猫は私の膝に乗ったりするようなことはなかった。さっさと私のベッドの下に入って、朝まで勝手に休むのである。私が外に出るときに、いっしょに出て、どこかへ行ってしまう。言葉がわかるのか、それとも心が読めるのかしらないが、行くよ、と声をかけるとニャアと返事して、足元を駆け抜けてゆくのである。

そんな日が四、五日続くと、私はなんとなく、ずっと猫といっしょに暮らしていくような気分になっていた。ところが猫の待つはずのアパートへいそいそ帰ってみると、猫がいない。私はみょうにがっかりした気分になった。

猫はそれきり現れなかった。

私はそれから間もないある日、いつものように夜明けに二度目の眠りについたら、目覚めは夕方になった。それがきっかけで、勤めをやめて、現在までなんとか専業作家を続けている。

（日本経済新聞　一九九八年九月二十八日　夕刊）

綺堂のリズム

最近、岡本綺堂を好んで読んでいる。二年ほど前、文庫の短編集を一冊手に入れて、ぽつぽつ読みはじめたところ、なんだかみょうに、昔の人の書いたものとは思われなくて、そのことにかえって好奇心をそそられた。

綺堂は明治五年生まれで、樋口一葉と同年である。私は以前一葉のことを調べていて、それなりに時代感覚を把握したつもりでいた。一葉の文章は、私にとっては古文の類に属していて、読み取るのに苦労する。それにひきかえ綺堂の文章は、まるで現代文と同質である。読みやすく、その上、不思議なくらいに、文章の息づかいが自分に合う。昭和、平成の作家の書くものにくらべても、個人主義的な自由が感じられる。

一葉は時代に抵抗しながら時代にしばられた感のある人だ。一葉の明治二十九年、二十四歳という早い死にくらべ、綺堂が本格的な執筆活動をはじめたのは一葉の死後からで、それから昭和十四年、六十六歳五カ月の死まで、その世界のゆるぎない長老格の現役作家として過ごしたという、その違いなのだろう。むしろ二人が生きた時代背景は、実質的には同い年というより、親子ほどの開きがある。

文庫で出ている数冊の短編集を読み終え、半七捕物帳六巻を読み、エッセイ集を読み、それから戯曲の修禅寺物語を読んで、その全部がどれも大変面白かった。

これはまだ誰にもいってないことだが、私は半七捕物帳の文章のリズムを、自分の新しい長編小説に取り入れて書くことに成功した。『火夜』という最新の小説がそれである。一見、綺堂の書いたものと私の書いたものとはほど遠く、何の縁もないようだが、私自身は綺堂の文章を書く時の呼吸法を真似たつもりでいる。

むろん綺堂のような作風というわけではなく、全く別物で、私が黙っていれば、誰もこれが綺堂の影響を受けて書いた作品だということは気づかないだろう。

綺堂という人は、大勢の人に愛される作品を書いて、いまだにファンが絶えない大作家だが、たとえば二代目左団次のための脚本を六十五篇も書いたそうだが、左団次その人と個人的なつきあいはいっさいしなかったようだ。また、芝居の台本を書くために人形を役者に見立てて机の上に並べ、それを動かしながら台本を書いたそうだが、後には台本を書かないときでも人形がいつも机の上にあるようになったという。エッセイなどを読むと、自分は人形をたくさんもっていて、かわいがっている、などというはっとするように新鮮な文章に出会う。いわゆる明治男が……。

完璧に書斎の人で、家にいれば食事以外には机の前から離れなかった。机はとまり木のようなもので、そこから離れると体がぐらつくようで落ち着かないとも書き残している。それでいて作品を読むと、岡本綺堂という個人がくっきりと浮かび上がってくるし、作中の時代背景のなかでの個人、庶民の生活がどんなふうだったか実によく伝わってくる。

私は反対に、机の前にすわると体がぐらつくような気がして落ち着かないことがしょっちゅうである。机の前では私という個人の影がますます薄くなるらしい。

（日本経済新聞　一九九八年十月十九日　夕刊）

江戸の距離感

私の敬愛する岡本綺堂の代表作は半七捕物帳である。この作品は、主人公の半七の二十歳ころから四十代の半ばまで、江戸も末期のころの捕物話だ。捕物＝犯人探しというだけでなく、庶民の暮らしぶりがよく描かれているところが素晴らしい。犯罪は人の心が起こすものだが、その犯罪者を通じて、社会の事情、家庭の事情というものが浮き上がる。それに、半七の踏破した土地とその周辺の景色の描写も楽しい。

半七は神田三河町の親分だから、舞台となるのはほとんどが江戸である。だが、ごくたまに、江戸へ働きに出てきて犯罪にまきこまれた被害者や加害者の郷里まで足を運んで聞き込みもする。それでも身分の高くない役目がら、それほど遠くまで長期の出張をすることはない。せいぜい横浜、川越、山梨あたりまでが泊まりの出張範囲。

移動の手段はほとんど徒歩で、ごくごく例外的に駕籠《かご》と舟を利用した。

職業柄とでもいえばいいのか、半七はじつによく歩く。江戸市中はもちろん、現在の二十三区内および東京近郊あたりまでなら、らくらくと日帰りをしている。ちょっと足を延ばして、と気軽にいいながらほとんど一日じゅう歩いている。人込みに情報あり、ということで、こまめに寺社に立ち寄って、参拝客に混じって手をあわせたりもする。行楽地にもしばしば出かけていく。

この夏、半七の生活実感をわずかなりとも確かめてみたくなって、ためしてみることにした。半七の手がけた事件の一つに、本所竪川に不審な蝶の乱舞があったというので様子を探りにゆく話がある。その現場、墨田区立川（竪川が住居表示でこう改められた。タテカワと読む）は、現在、私が住んでいる土地である。

半七の住んでいた三河町は今の千代田区美土代町のあたり。都営地下鉄の新宿線でいうと、立川に近いのが菊川駅で、美土代町は小川町が近い。その間を実際に歩いてみたわけだ。

所要時間は、それほど急がずに歩いて、だいたい一時間あまりかかった。案外に近いという印象だった。地下鉄の両駅間は三・八キロしかないのだから、いくら信号があってもそう時間はかからない。私の自宅から電車を使うと、歩く時間や電車の待ち時間を含めて三十分ぐらい。タクシーだと二千円近くかかり、いずれにしても乗り物に乗るとずいぶん遠く感じる。

時代とともに交通機関が発達すればするほど、人は乗り物に乗り慣れて歩かなくなり、我が家から美土代町までが、とても歩いてはいけないような遠い距離だと思いこむようになってしまったのである。

半七の弱みは天気である。このごろはお天気がよくてけっこうです、天気が悪くてこまります、といった挨拶を口にする場面がとても多い。とくに半七がいやがるのは、雨と雪である。歩くのが商売の半七には無理のないことだが、どうも作者の綺堂自身が悪い天気を苦手にしていたような気もする。


（日本経済新聞　一九九八年十月二十六日　夕刊）

ＪＩＳ漢字のこと

以前、この欄で辞書をつくっている友人Ｋ氏が、ＪＩＳ規格の第二水準漢字のうちの七文字の調べがつかずに困っている、と書いたところ、たくさんの読者の方からお手紙をいただき、国立国語研究所の方からも連絡をいただいた。紙面をお借りしてお礼を申し上げたい。

しかし、正直にいって、これほどの反応があるとは思わなかった。私がこれまでに書いたエッセイでもっとも大きな反響である。もちろん、文字に対する興味を持っている人が多いのだろう。だが、それ以上にコンピュータ、ワープロの普及によってＪＩＳ規格の漢字が身近になっているのだろう。小説の分野でも、ここ数年の作品では明らかに漢字の使用量が増えているし、若者たちの作る歌詞でも難解な漢字の単語を駆使するようになっている。ともあれ、このように文字に対する人々の感覚が鋭敏であるということがわかって、文字を書いて生活している私としては実に嬉しい。

そこで多くの読者に教えていただいた。昨年十一月二十五日に日本規格協会から出版されたＪＩＳ漢字字典によって、七文字のうち六文字までの出典がそこで明らかになった。

最後に残ったのは『彁』で、ＪＩＳ漢字字典にも採録典拠不明とある。この文字に関してＫ氏は、「弓」は「彊」「強」つまり、つよいという意味で、「哥」は長男を表す。「勢」「盛」などに通じ、勢い盛んな意であろう、という見解を取ることにしたという。これで、第二水準の漢字に関する疑問はなくなったとしている。

ＪＩＳ漢字字典にはＪＩＳ規格の漢字についてのエッセイ風のコラムがいくつかあり、そこには規格についての批判が多いということが書いてあった。確かに一般的とは考えられない文字がかなり入っているのだから、そうした疑問や批判は当然起こってくることだろう。ただ、ここで念を押したいのは、Ｋ氏も私も別にこの規格に関して批判をしようというのではないという点だ。特にＫ氏は、ＪＩＳ漢字はそのまま残してもらいたい、という意見である。その理由は――。

「巷間、ＪＩＳ漢字差し替え論がかまびすしいようだが、自分はそのことには賛成できない。一九八三年に、七八年版を第二次規格により、追加四字を含めて合計二十六組の漢字が非互換の形で入れ替え変更されたことがあるが、ユーザーとしてはあらゆる文字データを差し替えなければならず、大パニックを起こした苦い経験を持っている。どんな字でも従来の漢字はそのままにしてほしい。ＪＩＳ漢字の制定に携わった皆さんの業績を歴史に残しておくことも大切だと思う。もちろん増補する方向で検討されるなら大賛成である」

私は小説創作上ではあまり一般的でない第二水準の文字はほとんど使用しないのだが、かつて大手企業のシステム室長だったＫ氏のような立場の人には差し替えは大変な問題なのだ。ということで、私とＫ氏から読者の皆さんにご報告とお礼まで。

（日本経済新聞　一九九八年十一月二日　夕刊）

植物のストレス

十月の中旬、日光にいる知り合いをたずねがてら、紅葉見物に出かけた。日光と塩原を結ぶ有料道路、日塩もみじラインの沿道は紅葉の名所として名高い。ちょうど季節なので混雑を覚悟したが、行ってみると案外に空いていた。私の行った日は平日で、その上、小雨がぱらつき、うっすら霧もたちこめていて、肌寒かった。車の外に出ると吐く息が白かったから、十度くらいまで気温は下がっていたようだ。紅葉見物している人が少ないはずで、山の彩りは、思ったほどではなかった。下の方で二分、上の方で六分くらいの染まり方で、期待していたような鮮やかな色はまだごく少なかった。山の上の方まで行くとさすがに、思わず歓声をあげたくなるほどの見事な紅葉も点々とあるにはあったが、かえってほかの木々の紅葉の遅れが目立ってしまうような印象で、物足りなく感じられた。

日光在住の友人にそういったら、彼は大きく頷いてため息をついた。

「そうなんです。今年は全然だめですね。紅葉にならずにいきなり枯葉になってしまう木が多いみたいです。春からずっと天気がおちつかなかったから、その影響で植物も変なんですよ。秋になっても、とにかくお日様の照る日が少なすぎますから」

紅葉が美しくなるには、日照と寒暖の差が必要なのだと教えてくれた。

八月の末、台風四号の影響で驚異的な豪雨を記録した那須はすぐ隣。もみじラインも全域にわたって災害復旧工事をしていた。劣等生ながら農学部卒という昔の経歴を持ち出さなくても、凶作のパターンであることは明白だ。その友人は、今年は今ごろ桜やツツジも咲いていると教えてくれたが、帰路の沿道にはやはり季節はずれに青々とした若葉が繁っているトチの木が数多くあった。

我が家のベランダで栽培しているエンジュも、十月末になって葉が落ちだすと、それと入れ替わるように若葉を出してくる。これは今年の天候不順のためではなくて、数年前にマンションの外壁の塗り替えをした折に、半年ほど風呂場に入れておいた結果である。その間にすっかり葉が落ちてもうだめかと思ったが、工事が完成した年末からためしにベランダに出してみたら、見る間に新芽を吹き出してふさふさと葉を繁らせた。生存のピンチを察して、非常手段をとったのだろう。それからずっとこのエンジュは、春と秋の二回、落葉と新芽を出すのを繰り返すようになった。いつになったら元のリズムに戻るのか、興味深く待っているが、まだのようである。

それとは別の話。我が家の前の道路にある街路樹はプラタナスだが、これも落葉樹なのに、街灯の明かりを夜じゅう浴びる位置にあるものは、常緑樹のように四季を通して緑の葉を繁らせている。街灯を日照と勘違いして、冬を迎える準備をすることができなくなってしまっているらしい。

植物の様相は自然を表すものだから、こうして見ると私の周囲というのは、かなりストレスの多い環境といえそうだ。そういえば、秋になって私の体調がすぐれないのは、この環境のせいだろうか。年齢のせいだ、という声もあるのだけれど。

（日本経済新聞　一九九八年十一月九日　夕刊）

ふるさと

私は現在墨田区に住んでいて、これからもこの場所に住みたいと思っているが、ここに来る以前は、ざっと二十回ほども転居を繰り返していた。引っ越しは趣味のようなものだったが、自分の身にあったすみかを求めてうろうろとさまよっていたような気もするし、転居を繰り返すのがふつうの暮らし方だと勝手に思いこんでいたような気もする。

私の両親は、太平洋戦争の末期に、空襲で焼け野原になった東京で新婚生活をはじめた。彼らには家がなく、父の勤める会社が、外地からの引揚者のために足立区の北三谷というところに建てた仮住宅に入れてもらい、そこの広い部屋をカーテンで六畳ほどに区切った一画で暮らしていたそうだ。私はそこで生まれたが、生後二十日足らずで、足立区の千住関屋というところに新しく建てられた社宅に引っ越した。以来、我が家は、東京および東京近郊にある社宅を転々とした。私も、成人して独立したアパート暮らしをするようになると、短いときは一ヵ月で、長いときでも五年足らずで転居を繰り返した。

家など持つのは面倒だ、という父親の影響で、私も「自分の家」という観念が薄く、家とはただの寝起きするだけの場所というふうに思っていた。だから、どこに住んでも住まいや町に愛着を感じるという気持ちも薄かったようだ。

なかでも子供時代をすごした足立区の千住と、十代をすごした荒川は、どちらも隅田川沿いの工場が密集した地域だったが、ちょうど時代は経済成長期で、公害がひどく、空気は煤煙に満ち、川の水は真っ黒に汚れ、一日じゅう悪臭がただよっていた。正直いって住んでいた当時はあまり好きな町ではなかった。早くおとなになってそこから出ていきたいと毎日考えていた。

だから大学、会社勤めと、一人で暮らすようになってからは、川の近くに住んだことがなかった。

なんとなく川が恋しく感じられてきたのは四十歳ごろからで、とくに結婚して再び隅田川近くで暮らすようになってみると、長い旅を終えて古巣に帰ってきたような安堵感に包まれた。川の水がすっかりきれいになっていて驚いた。

ずっとここに住むのも悪くないなと思いはじめたところ、私は今まで書きたいと思ったことのない千住あたりの昔の風景を書き残したい衝動にかられるようになり、小説のなかにその風景を少しずつ書き入れる努力をするようになった。ふしぎに、大人になってから住んだいくつもの町のことはほとんど忘れてしまっている。というよりほとんど何も覚えるヒマのないうちに転居を繰り返していたのだけれども。

巡り合わせというのは面白いもので、そんなふうになってから、千住と荒川のふたつのミニコミ誌からほとんど同時にインタビューの申し込みがあった。私は懐かしいのと、そのふたつの土地の人々にあいたい気持ちの両方から、すぐに引き受けた。

インタビューは楽しかった。そして思い出話をしているうちに私はまさしくその二つの町をふるさととして意識していることをあらためて知った。

（日本経済新聞　一九九八年十一月十六日　夕刊）

秋景色

このところめっきり初冬めいてきたが、天気のよい日が続いている。東京も紅葉、黄葉のピークになった。ハナミズキのぼんやりしたまだらの紅葉に、つややかに赤い実が点々とついているのがくっきりとした空によく映える。天気がよいと家にいるのがもったいなく感じられ、本当は旅行かゴルフにでも出かけたいが、そうそういつも出かけてばかりいるわけにはいかないので、そそくさと散歩に出る。

三キロというほどよい距離に、木場公園、猿江恩賜公園といった、東京にしては広大な都立公園があるので、どちらかに出かけていくことが多い。木場公園は、以前、木材の集積所である木場の中心であったところだが、それが新木場にそっくり移転して、跡地が都立公園になり、テニスコートや現代美術館が建てられた。まだ完成して数年の広々とした明るい公園で、犬の散歩や、子供の遊び場によく利用されている。ジョギング、ウオーキングに汗を流している人も多い。遠くからお弁当をもってやって来るらしい人々もいて、週末などはとくににぎわっている。

猿江恩賜公園の方は、古くからあり、木が大きく育って、緑深い、遊歩道中心の落ち着いた公園である。年配の人や車椅子にのった人々がゆっくり静かな時間を過ごしている姿がよく見られる。植物に囲まれたいときにはこちらに行く。

珍しいのは、公園内にスズカケ（プラタナス）の雌の木がずらりと並んで、鈴のようなぼんぼりのような丸い実をびっしりつけている。東京の街路樹には昔からスズカケが植えられていることが多くてこの木そのものは珍しくないが、実をつけているのは今まで見たことがなかった。都内でも珍しい場所なのではないだろうか。

鳥もたくさんいる。見ていると面白い。ハトとカラスとスズメとムクドリが中心で、ほかにもいろいろいるが、その四種類はそばに人間がいても平気で地面でエサをついばんでいるので、じっくり見物できる。

スズメがついばんでいるエサをハトがねらう。スズメはうまくあしらって、ちょんちょんと歩いて逃げ、エサをとられることがない。ハトはあきらめて場所を移る。瞬発力と守備力は体の小さいスズメの方が勝っているようである。そこにいくとカラスは最初から威嚇的である。小鳥たちがおそれることを知っているようで、わざとのように羽音をたてて乱暴に移動する（ように見える）。ムクドリは数を頼んで群れをつくり、仲間以外にはほとんど関心を示さず、ひたすら食べ続ける。

動物の強弱関係というものは面白い。明らかにハトの鈍重さをからかっているようなすばしこいスズメがいるし、目的もなくハトを追い散らしているような乱暴なカラスがいる。かと思うとそんなことをまるで気にしないようなのんびりしたものもいる。一羽のスズメは、ハトのらしい一本の羽根をおもちゃにしてずっと遊んでいた。羽根が風で転がっていくのを追いかけて、くちばしにくわえて、またぱっと離し、風にとばして追いかけていく。それを繰り返して、ほかのスズメといっしょに遊ぼうとしなかった。これは、動物の個性、だろうか。

（日本経済新聞　一九九八年十一月三十日　夕刊）

きっかけ

自分がいつどんなふうにして小説家になりたいと考えたのだろうか。思いだしてみようとするのだが、とくにきっかけというものは思いつかない。

小説というものを知って、それが私にとってこの世の何より面白かったから、自然に、読む側から作る側へまわりたいと願うようになっただけのような気がする。

小学生から中学生のころ、私は、明るい冒険譚を好んで読んだ。そしてどうすれば、あるいはどんな人が、ロビンソンクルーソーのようなものを書くことができるのか、首をひねって考えた。

物語をつくるには、経験で書くか、知らないことでも調べて書けばいいとおぼろげにわかっていた。だがどちらの方法でも、物語は一生にひとつかふたつできればいい方だろう。それでは職業としてわりにあわない。一人でたくさんの物語をつむぎだすことのできる人というのは、想像を絶する。自分は平凡な人間で、物語をつくる人にはとうていなれそうもないと、小学校時代に思っていた。

それでも私は、ためしに即席で物語をつくる練習をしてみたりはしたのだ。むろん、だめだった。読んだことのある設定や展開以外は何も思いつかなかった。

私が最初につくりだした物語は、ほとんどが読んだものからの寄せ集めで、母親が死んで新しい継母がきて、その少女は継母が好きになれない、それで不幸な少女一人ができあがるという、ただそれだけでディテールも起承転結も何もないものだった。それをわら半紙に鉛筆で書いて、挿絵を書いて、糸でぬって豆本の体裁にした。

小学校の二年生くらいのときのことだ。

つくるのがだめならせめて世の中にあるすべての本を読み尽くしたいと思ったのが中学生くらいのときだった。

けれども、必死の思いで何冊もの本を読んでみて気がついた。日に一冊ずつ読んで、あと百年かけても三万六千五百冊しか読むことはできない。現実には百年も生きられず、また三日に一冊読むのが精一杯。自分は一生かけても一万冊の本も読めないのだと知ったとき、愕然として、その後、再び、創作の夢がむらむらと生じてきたように思う。

いつの間にか夢がかなって小説家になって、頭でつくりだしたり、調べて書いたり、経験したことを書いたり、いろいろしているうちに二十年以上がたってしまった。そしてとっくに二十数冊を越えた私の本が、世の中を頼りなく漂流している。

こんなことを思うのも、新しい小説を書き始めなければならないと思っているからだ。今でも新しい小説にとりかかろうとするとき、私は、ひどく緊張し、一字も書けない日が何日も続く。その都度、自分はいつどうやって小説家になりたいと思い、今まで二十年もどうやって書いてきたのだろう、と不思議に思う。それに、自分が書こうとしているのが、あるいはこれまで書いてきたものが、自分が昔、胸をときめかせて読んだたまらなく面白い物語とはまったくちがうものであることに驚く。それでも私はずっと、誰かを楽しませることができるかもしれない小説を書きたいと思っているのだが。

（日本経済新聞　一九九八年十二月十四日　夕刊）

ゴルファーの皆様へ

今年、樋口一葉の評伝を一冊書いた際に、久しぶりに台東区竜泉にある一葉記念館を訪ねた。一葉が文筆生活をいったんあきらめて荒物屋を開いた場所のごく近くに建てられ、その付近には一葉饅頭や一葉最中を売る店が今でもある。一葉と同じ長屋に私の祖父母も若いころ暮らしていたことがあるのがきっかけで、竜泉に何度も足を運ぶようになったが、本が完成した記念にもう一度行ってみたい気になったのである。

むしろ今までになく展示物を熱心に見て回って、館を出るときには何となく神妙な気分になって、振り返って手をあわせ、頭を下げた。

それを見ていた夫が、「お参りみたいだな。お参りついでにちょっと寄り道していこう」といった。記念館からわずかの距離に「飛不動」がある。本尊が一瞬のうちに遠くまで飛んでいったという由来があって、交通安全とくに空の旅の安全祈願に御利益があるという。「何だか、ここにお参りすると、ゴルフによさそうだろ?」といわれると、つい私もその気になって、参拝のあと、金地に飛不動尊の姿が描かれたテレホンカードを買い込んだ。

ゴルフライターをしている夫の手ほどきでゴルフをはじめて十年になるが、今では欠くことのできない楽しみとなっている。ゴルフの悩みといえばやはり飛距離不足。柔道のヤワラちゃんくらいの身長で、腕力も若いころにはそこそこあったが近頃は急速に衰えてきて……という状態なので、いまや神だのみしか方法はない。無信心者ではあるが神社仏閣巡りはわりあいに好きなのだ。日本の神様は、人間の勝手なお願いをよく聞いてくれて、厳しいことをいわないのがいい。おみくじを引いても、凶が出ればがっかりしないで前向きに努力せよ、大吉が出ればば慢心しないでつつましく努力せよ、と書いてある。

家に帰って金ピカのテレホンカードを見ていると何だか楽しくなって、ボールも飛びそうな気がしてくる。ついでといっては不謹慎だが、ゴルファーがお参りすると御利益のありそうなところを、夫と二人で、家じゅうの本をひっくり返して探してみた。

都内での候補は次の通り。まず最初に芝大神宮。都営地下鉄浅草線の大門駅近くにある小さな御社で、これは素直に芝ということで。飛距離は前述の飛不動。パットなら羽田の穴守稲荷か早稲田の穴八幡。そしてバーディよりイーグルなら鷲神社を推薦。これは一葉の「たけくらべ」にも出てくる。福を掃き寄せる手が名物で、飛不動とは至近距離にある。

そして切り札に皆中稲荷。みんな入るというだけでもめでたいが、みな当たる神社として有名なのだ。新宿百人町にあり、寛永のころ、このあたりに鉄砲百人組が駐屯するようになった。射撃に精根傾けた鉄砲隊与力の夢枕にお稲荷さんが現れ、霊符をしめしたという。翌朝の射撃では百発百中というのだから、この的中守りを持っていればゴルフにも霊験はあらたかではないだろうか。

この不況のおり、たまのゴルフで幸せになるくらいなら、神様も趣旨が違うとはいわず、許してくれるだろう。

(日本経済新聞　一九九八年十二月二十一日　夕刊)

第六章　隅田川のほとりから

隅田川と私

今年の秋は台風がやたらに多かった。ずいぶんと雨が降り、各地で川があふれ、洪水の被害が出た。この原稿を書いている今も、台風のニュースが報じられている。

わたしの記憶でも、隅田川と台風は密接に結びついている。もっとも台風だけでなく、子供のころの記憶は隅田川と切り離すことができない。

わたしは東京で生まれ育ったが、決まった家というものを持たずに、何年かおきに都内の社宅を点々とする暮らしを続けたせいか、自分の体が地面につながっているような気がしなかった。地面よりは隅田川の水につながっているような気がする。

東京の足立区にある千住関屋という土地に住んでいたことがある。隅田川のすぐそばの低地帯だった。父親の勤める製紙会社が川辺にあって、わたしたち一家が住んでいたのはその近くの社宅だった。六年生までそこにいた。当時はまだ堤防が低かったので、川は身近にあった。岸辺は子供の遊び場所であったたし、たくさんの船が日常的に行き来していた。家の前から少し背伸びして首をのばせば川が見えた。川から船のたてる様々な物音や声が聞こえてもきた。わたしはよく一人で堤防のところまで行って、往来する船や鉄橋を渡る常磐電車を眺めた。黒い水は人を呑みこみそうでおそろしかったが、見ていて飽きなかった。わたしの住んでいた土地は、川と常磐線の走る土手とで断ち切られ、袋小路になっていた。向こう岸には工場が建ち並び、煙突からは様々な色の煙がたちのぼり、いやなにおいが流れてきた。こちら岸も工場が多く、殺風景な町だった。流れていく水や来ては去っていく列車などがわたしの想像力を刺激した。いつかそのじめじめした土地から出て行く日を夢見て、わたしは川の水の行方を思った。なかなか流れていかない水と時間の遅すぎる流れにいらだちを覚えながら。子供のときの時間というものは、ふしぎに悠長なねっとりしたものだった。一日が長く、一年はとてつもなく先のことで、将来を思うと息苦しいほどだった。隅田川の水の流れのように、時間は見た目にわからないほどにゆっくりとしか流れてくれなかった。

隅田川は、そうした退屈な日常に時々、劇的な事件を起こした。

家の近くに小さな造船所があった。その横が桟橋になっていて、ボートが何艘かつないであった。わたしたちはボートに次々と飛び移っていくような危険な遊びをした。知り合いの子供が二人、川で死んだ。夜中、子供を捜して川ざらいをする大人たちの遠吠えのような声が今でも耳の奥で響く。

　高校生のころ父の会社が火事になったことがある。広い敷地にダンボールの材料になる古紙が山積みしてあったところへ、通行人が投げ込んだ煙草から引火したのだ。発見が遅れ、火は風にあおられて燃え広がった。消火は大々的に空と隅田川の両方からヘリと船で行われた。翌日の新聞のトップに隅田川から船で放水している写真が出た。火事のあとしばらくの間、あたり一帯にきなくささと水の腐臭の混じったようないやなにおいが漂い、なかなか消えなかった。触ると腐ると脅かされていた隅田川の黒い水に、自分の家が浸かったことがある。三十年以上も前のことなのに、きのうのことのようにありありと思い出す。

　その伊勢湾台風を関屋の家で迎えた。堤防が高く嵩上げされる前の、昭和四十年ごろまでの隅田川は実によくあふれた。

　ただでさえ関屋は低地で、ちょっと土を掘れば水が下からにじみ出すような土地だったから少しまとまった雨が降ると水が出た。台風がくれば床下浸水はしょっちゅうだった。各町内に避難用のボートが常備されていた。

　伊勢湾台風のときには床上三十センチまで水が上がった。母の話ではわたしの生まれる前の年にも床上浸水があったそうで、その時の水位の跡が我が家の柱にしみこんでいて、その高さは小学生だったわたしの腰のあたりの位置であった。大雨が降ったり台風が近づいたりすると大人たちは隅田川の水位を気にして交代で見張りに立った。

一晩中、強い風雨の音を聞き、家の中で長靴をはいてトイレに行った。最初は面白がっていたが、夜になると、次第に上がってくる水の高さを見つめて脅えた。これ以上は上がらないと父が宣言してくれたのでやっと安心して、机の上に積み上げた畳の上で眠った。

一夜明けて雨戸の外が静かになっているのに気づき、雨戸をあけると外が一面の水鏡の世界になっていた。頭上には青空が広がっていた。水の中に家が点々と浮かんでいる。限りなく広がる水は黒くなかった。銀色に美しく輝き、においもなかった。世界が変わったと思い、胸がわくわくした。

やがてボートがやってきて、乾パンと水か何かを置いていった。ふだんは厳しい父も母も少し疲れた顔をして妙に優しかった。

しかし後始末が大変だった。何日も机の上で暮らし、水が引くと虫の死骸が無数にころがる家中をタワシとバケツの水で洗い流さなければならなかった。

その後十年もたたないうちに高いカミソリ堤防に囲いこまれて、視野から隅田川が消えた。わたしたちはそばに隅田川があることを忘れて暮らすようになった。川が再び姿を現すようになったのは昭和六十年ころになってからである。

わたしは現在は両国の近くに住んでいる。いわゆるゼロメートル地帯であるが、台風が来てもまず水が出ることはない。

近頃は隅田川の水も岸辺もすっかりきれいになって、親水公園化の工事が進んでいる。その分、川幅が狭くなってしまってさびしいが、人の集まる場所になることについては異議はない。ただわたしの心の隅田川はやはり悪臭漂う黒い水の流れる川であって、この川ではないという気はする。

（「うえの」一九九三年十月号）

上野と私

毎年の暮れには上野のアメヤ横町へ買いだしに行くのが我が家の恒例で、わたしもよく母のお供をした。子供のころだから、何を買ったか覚えていない。この数年おおみそかになると、必ずといっていいほどアメ横風景がテレビに映されるが、当時はあれほどには混雑していなかったと思う。しかし暮れに限らずアメ横はふだんでも賑わっていて、市場のような活気に満ちていた。店頭に立つ半纏姿の男たちのかけ声が響きわたり、わたしの好きな場所のひとつだった。小学生の高学年になるとわたしは母の依頼で一人で買物に行くようになった。買うものは決まっていた。雪印のベビーチーズを一箱とプロセスチーズをまとめていくつか買い、吉池へ回って南部せんべいを買って帰るのである。当時わたしの家は千住の関屋町という交通の不便なところにあって、人口も店も少なく、三十数年前には、そういう洒落たもの（?）は近くには売っていなかった。大きな買物をするには上野あたりへ出かけていくのである。上野に出るには十五分ほど歩いて千住大橋駅から京成電車に乗る。家から一番近い駅は都電を除けばそこしかなかった。中学も千住大橋駅のすぐそばだったたし、小学校も京成の線路際にあった。だから上野にはよく行った。叔父が京成電鉄に勤めていたせいもあって、電車というと京成のイメージが強かった。

我が家では子供が十歳くらいになって、初めて一人で電車に乗るとき、なぜか目的地は上野の博物館なのであった。といっても二歳上の兄がそうしたのを覚えていて、後にわたしが真似をしただけだが。多分その前に動物園やらアメ横やら松坂屋など、親に連れられて行き慣れていた場所だったせいだろう。

上野は、子供の行動範囲の中に一番早く取り入れられた「盛り場」だったのだ。子供時代、わたしにとっての現実的な繁華街はふたつあって、ひとつは浅草であり、もうひとつが上野であった。浅草は母の実家で、祖母の一家が住んでおり、遊びにいくと叔母の誰かが浅草の六区に連れていってくれた。ただ、わたしの家から浅草へ行くには交通の便が悪くて、だいたい徒歩だった。そうでなければタクシーであった。それに浅草だと誰かしら保護者がつくことになったから、子供にとっては一人で電車に乗って行ける上野の方が、自由で新しい風が吹いていたのだ。雰囲気もどことなく文化的だった。上野には、子供時代の冒険の記憶がたくさんつまっている。

中学時代に親友だった女の子と、ある日動物園へ行った。彼女は憧れの人だったので、わたしは初デートの緊張した気分だった。今思うと不思議なくらいに好きだった。恋をしているような舞い上がり方をしていた。大人びた静かな優しい人で、学校中の人気のまとだった。そんな彼女が自分の親友であることが誇らしかった。

その日動物園で見た動物たちをわたしは今でもよく覚えている。シロクマを一時間もじっと見つめていた。シロクマは冬だというのに悠々と泳ぎ、水から上がって体をふるわせて毛皮の水をきるとまた休む間もなくしぶきをあげて飛び込むのだった。それを果てもなく繰り返した。彼女は飽きずに眺め続け、面白がった。わたしはシロクマには飽きたが、シロクマにみとれている彼女のことは見飽きなかった。ゾウも見た。ゾウが長い時間をかけて餌のワラを食べるのをやはり長々と二人で眺めた。ゾウは、前足と鼻を上手に使ってワラを丹念に揃え、揃えた束を一口食べて噛み切ると、あとはぱっと惜しげもなく床に捨てて、また新しくワラをかき寄せ、食べるために先端を整えはじめるのだ。一口食べるのに数分はかかる。ゾウは静かにゆっくりしたペースで食べ続け、食べながらお尻からワラによく似た排泄物をどさっと落とした。

食べるだけで、あるいは泳ぐだけで一日が終わり、一生も同じことの繰り返しで過ぎていくのかなあ、とわたしはゾウやシロクマを見ながら思った。自分の未来はまだ全然見えていなかった。親友の彼女は、面白いね、と時々いうだけであまり喋らなかった。わたしもあまり喋らなかった。二人ともどちらかといえば無口だった。しかし、未来があとほんの少しでも見えていたとしたら、わたしは一生懸命彼女と喋っていたに違いない。

なぜなら、その動物園のデートからほぼ五年後に、彼女は病気で死んでしまったからである。動物園で楽しんだころの彼女は、学校一の健康で運動神経の発達した体と優秀な頭脳と優しい人柄を持っていた、前途洋々というしかない恵まれた少女であった。そしてわたしが生まれて初めて、どうしようもなく好きになった人であった。

彼女が死んだとき、わたしは大学生だったが、まだ彼女以上に好きな人と出会っていなくて、この世で一番好きだった人が死んでしまったという絶望感にうちひしがれた。

大学生になる前、わたしは上野高校の夜学の生徒だった。わたしの体には上野の夜の色がしみこんでいる。昼間の高校をある事情で中退して上野定時制に編入し、上野公園を横切って通学した。酔っぱらいやアベックや痴漢をすりぬけながら、十七から二十歳までの三年間、夜道を通った。

そして上野高校には前記の親友が昼間の生徒として同じ時期に在籍していて、その上偶然にも同じ教室の同じ机を共有していたのである。短い期間だが、机の中に手紙をひそませて文通もした。彼女が卒業した二年後にわたしも卒業し、大学に進学してやっと昼間の生活に戻ったと思ったら、突然彼女は病魔にとりつかれたのである。そして一年もせずに他界した。わたしはまた上野の夜の闇に閉ざされた。

上野の桜の季節を思い出す。下校の九時過ぎ、花見の宴会騒ぎは最高潮に達して乱れ、公園全体の空気に酒の香がみちて、歩くだけで酔いそうになった。

この文章を書きながら、わたしの青春と上野が切っても切り離せないことを改めて知ったような気分になっている。

（「うえの」一九九三年十二月号）

竹町とわたし

御徒町の竹町に白鷗高校がある。昨年の春、夫の友人の娘さんが入学した。その娘さんが、よく遅刻するという。話を聞いてみると、どうやらあまり学校が好きでないらしい。得意科目が英語と数学だというのだから、それなら優等生のタイプだろうに、何だか不思議である。しかし他人ごとのような気がしない。彼女自身とご両親のために、何とか学校生活を好きになり、無事に卒業してほしいと願っている。

実をいえば、今から三十年前の春、わたしも、その高校に入学した。だが卒業しなかった。二年に進級した途端に中途退学してしまったからである。だからわたしにとっての春は、入学という明るいスタートの印象だけではなく、挫折のイメージとも重なっているのだ。翌春、お隣の上野高校（定時制）に転校したのだが、近すぎたものだから、夕方、わたしが登校する時間に、ちょうどかつての同級生たちが下校して、上野公園あたりで出くわしてしまったりして、なかなかやっかいだった。季節だから上野の山は花ざかりだったけれど、一年前と違い、その華やかさや人の賑わいが嫌で、散る花びらの行方ばかりを目で追いながら、足早に公園を通りぬけた。

過ぎてしまったことを後悔してもはじまらないが、途中で辞めたことでかえって白鷗という高校は、わたしの胸に挫折の記憶として後々まで刻みつけられるはめになった。

現にこうして、三十年という年月を経た今でも、学校を嫌っている高校生が身近にいたりすると、神経が緊張する。

わたしは、表向きには、家庭の事情で昼間の高校を辞めて夜学にかわった、などとかっこつけた説明をしてきたけれど、要するに落ちこぼれたのである。学校が嫌いだったのではなくて、力不足で、皆についていけなくなったから、逃げだすように辞めたのである。

もっとも今だから素直にそう認めることもできるが、当時は切実だった。東京オリンピックの翌年という時代で、高度経済成長期の頂点ではあったけれど、今とは社会条件が違う。中学を出てすぐに働く人はまだ少なからずいたが、高校の中退者は、現在のように多くはなかった。学校というものは、毎日行くのが当たり前であったので、いやだから辞める、という発想はなかった。わたしも、学校を辞めてしまった自分がとても恥ずかしかった。皆にできることが自分にはできなかった、という情けなさで胸がいっぱいだった。誰のせいでもなく、自分だけの責任だと思っていたから。しかし、学校に行かなくなってはじめて、家族は、わたしがどうしたいのかを、まじめに、優しい声で聞いてくれるようになった。その寛容さもまた、わたしの耳には不思議な響きに感じられた。

夜学では、勉強よりも働くことの方を優先せざるを得ない人々が新しい級友になった。勉強しろ、という人は誰もいない。その静けさに、わたしはどれほどほっとしたことか。

考えてみれば、白鷗でだって、誰も勉強しろと強制したりはしなかったのだ。わたしも、負けないように勉強すればよかったのに、やらなかっただけなのだ。

そして、おかしな言い方だが、わたしは中退したことで一種の学歴コンプレックスにおちいってしまい、新しい学校で急に猛勉強する高校生に生まれかわったのである。

それはまあ、ともかくのこととして、縁というのは奇妙で、かつ皮肉なものだ。好むと好まざるとにかかわらず、白鷗高校とわたしとは、宿命的に深い縁で結ばれてしまった。

というのは、中退しておよそ二十年後に、わたしは一人の白鷗卒業生と結婚することになったのである。夫は、わたしの一学年上の人で、在学当時も何度か顔を合わせている。しかし、まさか二十年後に結婚することになろうとは、思いもよらなかった。それどころか、その頃のわたしは、ほかの生徒に関心を抱くゆとりさえ持っていなかったのだ。

彼の方は、わたしを覚えていたそうだ。つまらなそうな顔で一人ぽつんとしていたので、何となく気にかかっていたという。そのうちにふっつり姿が見えなくなってしまい、聞くと学校を辞めてしまったということなので、かえって印象に残ったらしい。そして、わたしが三十歳くらいのとき、つまり中退してほぼ十五年後に、初めての本を出版したときだが、行きつけの本屋さんでそれを見つけて、名前に覚えがあると思い、なかの写真を見たらすぐにわたしだとわかった、といっていた。ちなみにその本屋さんも彼の友人で、白鷗の卒業生であり、しかも兄と同じ学年の人だったのである。

こんなふうに、夫の親友の多くが白鷗卒業生なのであった。さらにその奥様方の多くが、やはり同じ卒業生であったのだ。先に述べた娘さんのご両親も、そうなのである。

わたしは、結婚後、一挙に白鷗の卒業生に囲まれて生活するようになった。わたしの兄も妹も同じ卒業生なのだが、それまでは、わたしに気をつかってか、家庭内で高校時代のことを話題にしなかったのに、今では実家に戻ると、わたしがその高校の名をさかんに連発するようになってしまった。

白鷗というのは、なぜか、同窓生どうしが結婚する率の高い高校であったらしい。ということを、わたしは結婚して夫に聞かされたのである。「結構、面白くて、いい学校だったよ」などと、のほほんとした顔でいわれると、わたしは立つ瀬がない。夫のもとに時々送られてくる卒業生名簿には、たくさんの知人の名が載っている。むろんわたしの名前はない。卒業者名簿というのがあっても、入学者名簿というものは、ないのである。夫は、わたしを友人に紹介するとき、「白鷗をやめちゃった人」と説明したが、皆すでに知っていて、さほど話題にならずにすんだ。

最近きれいに建て直したと聞いている。今春がちょうど中退の満三十年記念になるから、いっそ出かけて見学してみようかと考えている。

（「うえの」一九九四年三月号）

東京は梅雨

マンションの狭いベランダに、植木鉢をいくつかおいている。主なものはエンジュの数鉢で、五年ほど前、新橋の街路樹から種をひろってきて発芽させたのが順調に育ち、いまは大きいので一メートル以上ある。ほかに三年前に知人からいただいたスズランと芽ざしのジンチョウゲが一鉢ずつ。七、八年前の我が家が新婚だった当時、遊びにきてくれた友人のおみやげだった桜草が一鉢。そして十年前に転居祝いとしてもらったタマシダの大きな鉢がひとつ。

それがここ数年の我が家の植物のすべてであったが、去年から今年の春にかけて、いっぺんにいくつもだめになってしまった。

まず去年の秋に桜草の根が腐り、続いてジンチョウゲが、芽から枯れはじめてどんどん下に向かってだめになっていった。スズランも、町の路地のあちこちでとっくに芽をだして青々と葉をのばし、白い花も鈴なりにつけている時期になっても、とうとう芽をだしてくれなかった。さらにエンジュまでが一本、一番小さかったのが枯れた。

埋めあわせのつもりで昨年の秋に花屋で見つけたミヤコワスレを一鉢買ったが、一週間ともたず、驚くべき速度で上から下まで枯れてしまった。

わたしの世話が下手なうえに気まぐれなのも一因だろうが、ほとんど世話を必要としない種類の植物たちであるはずなのに、それが次々にだめになっていくのは見ていて薄気味悪かった。

最大の原因は、去年の異例の天候不順だろう。去年、たしか梅雨はとうとう明けないままだったのだから、これは梅雨のたたりである。終わりのこない梅雨と、日の照らない夏が、全国的なコメの凶作を引きおこしたことは記憶に新しいが、我が家ではさらに人災も重なったのである。秋からマンションの外壁を塗りなおす工事がはじまって、建物全体が緑色の工事用ネットでシールドされてしまい、それが暮れまでずっと続いた。むろんベランダも使用禁止。やむなく植物たちを風呂場に移動させた。人間は銭湯に通い、植物たちは日の当たらない場所に閉じこめられて何ヵ月も過ごすはめになった。人間はいいとして、暗室におかれたも同然の植物たちはストレスがたまり、衰弱も激しかったのは当然だろう。やがてエンジュはごっそりと葉を落とし、いったん丸坊主になってから、色素のない芽を出して、白い葉を弱々しくひらいた。ほかのものもみな見事に脱色された。元気なのはタマシダだけだった。

年末にようやく植物たちをベランダに戻せた。白い葉が日光を浴びて少しずつ緑の色を取り戻していったが、本来ならば葉を落とすべき冬になっても、例年よりやや大ぶりに広がったやわな葉を風にひらひらさせて、夏に不足した成長分をおぎなう様子だった。葉が散ったのは二月である。そして例年なら三月上旬に芽がでるのに、今年は一月以上もおくれた。とうとう芽ぶかないまま死んだのもあった。

今年の梅雨はどうぞ平凡に平凡にと願っている。もともとわたしは、雨が降っているとその雨がいつまでも止まなくなったらどうしようと考えるような子供だったから、雨が苦手で、農作業と縁のない東京育ちでもあり、梅雨などなければいいと勝手なことを思っていたが、去年でこりてそんなことはもう考えないことにする。梅雨は梅雨らしく、夏は夏らしくというのが生き物にとって無難のようである。

最近は家にいることが多くなったこともあって、以前ほど雨が嫌いではなくなった。窓越しに外の雨を見ていると、雨もいいと思う。町の埃がおさえられて、風景が美しく見える。自分も何もしないでのんびりしててよいような気持にもなる。雨が好きになったというより、ただの怠け者になっただけなのかもしれない。

今年は、つい最近、永井龍男の『青梅雨』という小説を読んで気分をよくしたばかりで、おかげで梅雨もよい気分で過ごせそうである。氏の代表作といわれる短編だから、ご存じの人も多いと思う。昭和四十年代の作品である。

むかしサラリーマンだった七十七歳の男性が、借金を返せなくなってどうにもならなくなり、家族の女たちといっしょに、総勢四人で一家心中する話である。こう書くといかにも暗くて陰惨な内容を想像するかもしれないが、どこにも暗さがなく、むしろ明るく透き通った感じで、落ち着いたすがすがしい都会的な作品なのだ。

心中前夜。九時すぎ、東京から神奈川県の自宅に帰ってくるおじいさんの様子から書きはじめている。おじいさんは自分たちの葬式用の金を工面にでかけた帰りである。梅雨の季節で、一昨日から雨が降り続き、人々はみな雨支度に身を包んでいる。現代では折りたたみかワンタッチの傘を持つだけですませるが、四十年代当時は、服も靴もいまとくらべものにならないほど高価なものだったので、レインコートと雨靴は手放せなかった。その時代はきっとわたしと同じように雨も梅雨も大嫌いな人が多かったと思う。

夜道を帰宅するおじいさんの足どりはゆったりと静かだ。少しも急がない。家に戻ると女たちが機嫌のよい笑顔で優しく出迎える。六十七の病弱な妻、五十一の足の不自由な養女。同居している妻の姉は七十二。四人は順々に風呂に入り、洗いたてのゆかたを着て、おじいさんの買ってきた酒を一口ずつのむ。楽しげな家庭の団欒風景である。それが最後の夜で、これから四人で服毒するのだということは最初から読者にもわかっている。しかし、そこに描かれるのは人の悲しさでなく優しさなのだ。互いの思いやりがじわりと煮詰まってあふれだす。立派にしっかり生きたのだという主人公たちの思いが快く伝わってくる。梅雨というのはこのように、しっとりした優しいものなのだという気が読むうちにしてきた作品だった。

（「うえの」一九九四年七月号）

正月のこと

正月というとまず頭に浮かぶのは、自分のことではなくて両親の新婚のころの逸話である。豆きんとんを鍋にいっぱい煮たのはいいが、甘味に飢えていたので大晦日のうちに全部たべてしまったとか、明けて正月にはお餅を一人二十個ずつくらい食べて動けなくなってしまった、という話が特に印象に残っている。

わたしの知る両親はどちらかといえば食が細い。そんな彼らがいくら若かったとはいえ、それほど食べたというのは何だか信じられないくらいに楽しい話だった。その話を聞いたのが、中学二年の正月だった。育ちざかりで食欲も最大級に旺盛だった。おなかがいっぱいで動けなくなるというのはどんなものだろうという興味もあったし、自分はどのくらい食べたら動けなくなるのだろうという好奇心の虫が動いた。で、試してみた。

お雑煮で八個食べたら、死ぬほどの目にあった。満腹を通りすぎて、本当に動けなくなり、呼吸するのも苦しかった。普通なら欲張っても四個。当時三十代だった両親にしても、元旦の朝、雑煮に入れる餅は母で二個、父で四個だったと記憶する。

若かりし両親が二十個食べたのがお雑煮だったか焼き餅だったかは忘れてしまった。母など、「あのころはお正月といったって他に食べるものは何もなかったもの。いつもおなかがすいてたから、お餅がいっぱいあるのが嬉しくてつい食べちゃったのね」というのだが、それにしても二十個はすごい数である。

今では二人とも七十を過ぎて、しょっちゅう体のどこかがおかしくなっていて病院通いをやめられない両親も、昔々は若くてかわいい夫婦だったのだ。なにしろ両親の結婚は、二十一と二十三、時は戦争直後の明けて昭和二十一年の正月。

昭和二十一年の三月二十四日に彼らは結婚したが、同棲は昭和二十年の三月十日ごろから始まったと聞いている。

ご存じのように先の戦争で、東京の下町が空襲によって大々的に焼き払われたのが、昭和二十年の三月九日の深夜から。当時、わたしの母は大家族とともに浅草に住んでいた。彼女は未来の夫となる人と同じ会社で働いており、すでに婚約していた。父は母とは対照的に家族の縁の薄い人だった。本人も病弱で、おかげで兵隊にとられずにすみ、母と出会った。

空襲の日、母は五歳だった末の妹を連れて川を越え、葛飾のお花茶屋にあった父の家まで逃げのびた。それから同棲がはじまる。

父の家の周辺はまだ田圃が多くて、空襲の被害も比較的少なく、したがって父自身さほど空襲の恐怖を経験しないですんだようだ。もっとも一緒になって後、朝目を覚ましたら庭に焼夷弾の不発弾が落ちていた、という程度の怖い話はあったそうである。

戦争が終わって、何もかもなくして、二人だけのアパート暮らしが足立区でスタート。豆きんとんもお餅も、二人だけになって最初の正月の話である。

そのアパートで生まれたこのわたしがやがて物心ついてからは、毎年二日に家族そろって、母の実家である浅草の祖母のところに年始にいくのが恒例だった。

祖母は九人の子供を生んだ人である。その子供たちが家族をともなって、その日に集合する。狭い家が足の踏み場もないほど人でごったがえす。最高時には総勢で二十五人くらいは集まったはずである。寿司お汁粉おせちの食べ放題。昼ころから夜の九時ごろまで宴会が賑やかに続く。しかし時間がたつと子供の一人や二人は気分が悪くなって、うちに帰ろうよ、と親の袖を引っ張りだす。窮屈な上に酒くさくて大変ではあったが、子供にとってはお年玉のかきいれ日であって、正月にはぜひとも「おばあちゃんの家」にいかなければならないのだった。

わたしが二十八のとき祖母がなくなって、正月のその大宴会も自然消滅し、行事がひとつ減った。

わたし自身の正月は、勤めはじめて独立して後も、両親の家に戻って過ごしていた。経験のある人にはわかると思うが、独り者が東京のアパートで過ごす正月というのはあまりにもわびしい。最近は年中無休のコンビニがあり、二日になればスーパーも開くが、二十年ほど前までは正月とお盆はどの店も休業した。食べ物の確保がまず大変だったし、アパートが、住人が次々に帰省して暮れの三十日ともなると空っぽになってしまうのだった。

結婚後の正月は、元旦の午後、浅草で一人で暮らしている夫の母の家へ出かけて、お雑煮とおせちをいただく。夕方戻ってくるとそそくさと荷物を車に積んで旅行にでてしまう。千葉にいる両親には暮れのうちに顔を見せにいく。時がたてば行事も移りかわる。

子供のころの正月三が日は、際立って特別の日であったから、それなりに懐かしい。今ほど子供が甘やかされていなかったから、大人のとがった声を聞かずにすむだけで幸福な気持ちがしたものだった。誰もが何となく身ぎれいに晴々としている。正月はいつも天気がよくて空が抜けるほど青かった。

現在の正月は、子供のいないわたしにとっては、ほかの日とさして変わるところがない。もし変わるとしたら、年に一回だけ神様の前に手をあわせる日だという点である。

除夜の鐘を聞きながら隅田川の七福神巡りへ初詣に出発する。新年の明け方、初日の出を浴びながら帰ってくる。

ふだん無信心のくせに初詣というと頼みたいことばかりで欲深になるのが自分でもはずかしい。今年一年間の何を願うのか、神頼みの内容をせめて一つに絞るのがマナーだろうと自粛している。今年一年家族が健康でありますように。結局、毎年そんなことをそれなりに殊勝な気持ちでいのってくる。

両親は結婚して五十年になるのだし、夫の母はさらに高齢の一人暮らしである。自分たちも確実に歳を重ねているのだから、一年間健康であり続けることが次第に難しくなり、年々、いのりの量が増えていくのもしかたのないことなのかもしれない。（「うえの」一九九五年一月号）

東京都現代美術館に遊ぶ

三月十九日にオープンするという話だったが、十七日の夕方、館の前を通りかかったときにはまだ、歩道に敷石を並べる工事が終わっていなくて、他人ごとながら間に合うのかしらと心配だった。

三月の二十日を過ぎると、よく利用するバスの客質にやや変化が生じてきた。土地に不案内な、どこかしら身なりに気を使っている感じの乗客が増えたのだ。乗り降りの際に、現代美術館はどこで降りるのか、このバスはどこは通るかと、運転手への質問も急増した。(注。三好三丁目です、念のため。新橋と業平橋を結ぶ都バスで、途中、本所吾妻橋、菊川、木場の各駅を経由する。東西線の木場駅または都営地下鉄新宿線の菊川駅からバスに乗る。徒歩だと、ともに十五分)

四月一日の土曜日。せっかく近所に新観光名所ができたのだからということで、散歩がてら夫と出かけてみた。わが家からは三ツ目通りをひたすらまっすぐに南進すればよい。速からず遅からずのスピードで歩いて、ちょうど二十分で着いた。

このあたり、七、八年前までは、草ぼうぼうのだだっ広い空き地だった。その前まではいわゆる「深川木場」の地で、かつては材木問屋が密集していたそうである。その跡地を公園にするという話だったが、高い塀で囲まれ、入ることはできなかった。いつでもしんと静まりかえって、さびしいような荒涼とした光景が続いていた。

バブルの時代にようやく工事がはじまって、それから延々、いつ果てるともなかった。バスで通るたび塀の外から見えるのは、高くそびえる何基ものクレーンの切っ先ばかり。しかし夕暮れに夕日を背にして、クレーンが地球から突き出た針のように、広大な空をさしている黒いシルエットは、壮大で美しかった。

平成四年の六月に「祝木場公園開園」の看板がたったが、そのときもまだ周囲では様々な工事が続行中で、中でも進行が遅い美術館はまだ姿を現す段階に至ってなかった。出入口に掲示された「木場公園ができるまで」という説明書きには、「芸術文化の中心施設として東京のシンボルともなる都立美術館をつくる」という文章があった。とにかく美術館については、何も知らない通りがかりの人間にとっては、奇妙に周囲に似合わない巨大なものを作っているという印象だった。

開園からちょうど三年後に、美術館も落成した。まだ公園内外のあちこちで各種の工事は引き続いて行われているが、何の工事だかよくわからない。ここはいつでも工事をしているのが当たり前みたいになってしまっている。

正直いうとわたしは、美術館の建物にあまり好感をもっていなかった。外観が見え始めたころから、あまりの大きさと立派さに不快感を覚えるようになっていた。

付近は新築マンション以外は古びて平たい町並みである。美術館だけが巨大にピカピカして、いやに威張って見える。隣町の両国に近年できた江戸東京博物館もそうだが、都庁の新庁舎以来、都のつくる建物は大体において威容を誇りすぎるように思う。地元の人間としては面白いことではない。あれだけのスペースを使うのなら、図書館を隣に建ててくれといいたい。

しかしできた以上は一度は行ってみないと話は始まらない。わたしにも絵を描くともだちはたくさんいるし、美術館内のひっそりした空間はわりあいに好きなのだ。昔お金がなくてデートは美術館めぐり専門だったという友人のことなどを思いだしながら、ガラスのドアをくぐった。

天井までガラス張の広い廊下がまっすぐ奥まで貫いていて、外の公園が見渡せる。ガラスの廊下がとぎれたところの左手に切符売場がある。常設展の入場料が五百円、特別展が千二百円。両方まとめると常設展の方が半額になり、一人、千四百五十円。

だが慌てて切符を買う前に、建物内の探検をする。広くて、展示室以外にもゆっくり遊べる場所がいくつもある。コンピュータの端末をいじって、収蔵品の検索をすることもできる。絵のコピーを画面で見ることもできる。ただし、四台並んでいるせっかくの機械を、幼児がおもちゃがわりに占領していたのは困りものだった。ほかに美術書や資料を集めた図書館が地下にある。出入口の脇に、全国各地の各種展覧会の案内がまとめて貼ってある。ほかにレストランとカフェテラスがある。レストランに入ろうとした一人の年寄りが、入口でメニューを見て「何もない。これじゃどうしようもないから外へ行って食べよう」といっていた。あとでメニューをのぞいたら、スパゲティとカレーが九百円。ほかにサンドイッチと飲物があるくらい。これでは確かに魅力的なメニューとはいえない。だが外へ出ても付近にはめぼしい食べ物屋はない。それより、広い公園に囲まれているのだから、弁当持参でピクニック気分を味わう方がいいかもしれない。

建物内を一巡した後、ハイビジョンシアターなる小劇場風の部屋があったのでそこへ入り、椅子にゆったり腰掛けて、イギリスのロイヤルコレクションのビデオを観た。絵をこんなふうに画像の美しいビデオで見せてくれるのも、傷みなどを考えれば、気楽でいいものである。本物でなければ、という意見もあるだろうが、本物はひとつしかなくて、無理に大勢の人が見ようとすれば、傷みもひどくなり、価格もばかげたものになるわけで、先が見えている。立派すぎる巨大美術館でも、展示あるいは収蔵できる作品の数は、そんなに多くない。図書館にくらべて美術館はわりにあわないという気がする。絵を描く人はどう感じているのだろう。

次に売店を見学。美術書、絵はがきからネクタイ、バッグまでオリジナルの品が豊富だが、わたしの記憶では複製画はなかったような気がする。

結局、ぶらぶらしているうちに時間がなくなり、肝心の絵を見ないまま出てきてしまった。金曜日には夜九時まで開いているというから、近いうちにまた、そのあたりをねらってゆっくり来るのも面白いかもしれない。

（「うえの」一九九五年五月号）

熱風

学生のころから、小説が好きだったのと同じように、映画もよく見た。現実とは別の世界に触れることができるのがなによりの楽しさで、どんな小説でも読んでみたかったのと同様に、どんな映画でも見たかった。ジャンルも主人公も設定にもこだわらず、眼前に広がる世界に浸りたかった。

一つの映画館で三本立てを見終えて、隣の映画館でまた二本も三本も見たこともある。続けて五、六本の映画を見ると、さすがに頭がくらくらした。だが、充実感はあった。今では体力的にとてもできないことだが。

いつもおなかが空いていて、いくらでも食べられた時期があった。おなかがふくれて気分が悪くなるほど食べて、周りにあきれられたが、その気分が悪くなるほど食べたことに妙な満足感を得た記憶がある。五本、六本続けて映画を見た時も、それに似た感覚があった。やはり、飢餓感というものなのだろう。様々なものが不足している感じが、いつもつきまとっていた。映画はとくに飢餓感を誘った。見れば見るほど、見たくなった。今では何事にも飢餓感が薄れてきているようだ。

映画は、学生時代から勤め始めてしばらくの期間までで、それ以後にあまり見た記憶がない。

映画を見なくなったのはいつからだろうと考えたら、自分が小説を書くようになってからだと思い当たった。小説を読む場合でもそうだが、自分で書くようになると、目の前に広がる世界に浸りきるのではなく、自分ならどうするだろうと考えるようになる。商売っ気が出るということなのだろうが、単純に楽しむことができなくなったのと、少しでも机に向かっていたいので時間が惜しくて見にいくことが少なくなったようだ。だから、今もあまり映画館にいって見る方ではない。

映画を見た場所はその時代によって違う。自分の年齢と生活の範囲に沿った場所で見ているからだ。小学校、中学校のころは、浅草に住む祖母の家に遊びにいって、叔母に連れていってもらったので、映画も浅草だった。自分の小遣いで見るようになってからは、封切り館というより二番、三番館、名画座が主となった。

大学の頃は寮が小金井にあったので、国立の名画座や新宿、勤めてからは文京区の住まいに近い池袋や大塚などによく通った。映画を見る目的というだけでなく、ぼんやりしたい時や、夏に涼みたい時などにいったので、オールナイトも一人でよく見た。

上野で映画を見たのは、高校時代のこと。自分の都合で昼間の学校を中退して、上野の定時制高校に通うようになっていたので、昼間は時間があった。だから、自由になるお金が豊かでなかった割に、映画はたくさん見た。しかし、どんな映画を見たか、まったく記憶に残っていない。

それでも、ただ一本だけ、題名を覚えている映画がある。何かのはずみで耳に入ってきたテーマソングが気に入ったのと、ポスターか映画の予告で見た強い光に晒された海と濃い樹林が印象に残っている。南米が舞台の『熱風』という映画だった。学校に行くにはまだ時間のあるころ、つまり昼間だが、上野を歩いていたらたまたまその映画のタイトルが目に入った。というより、それしか目に入らなかった。

「学生一枚」。一瞬、切符売り場の人がいぶかしげな表情を浮かべたような気がしたが、わたしが急かせるような顔をしたのだろう、なんとなく渋々のように切符を売ってくれた。それを持って入場する際も、モギリの人が不思議そうにわたしの顔を見る。その頃、ちょっとした人嫌いになっていたわたしは、それをも無視して入口の扉を押した。

スクリーンを一目見て、さっきの彼らの顔がどんな意味だったのかわかった。画面いっぱいに広がっているのは、一糸まとわぬ男性と女性がベッドらしいところで絡み合っている姿だった。熱風以外の映画は成人向きだったのだ。

いまでも小柄だが、当時も小さかったわたしが、いかにも高校生という姿で、堂々と成人向き映画の切符を買ったのだ。よく売ってくれたと思う。

そのシーンが終わるとその映画も終わった。わたしは恥ずかしくて飛びだすというようなことをせず、目当ての映画を見た。緊張していたせいか、見てからの時間が経ちすぎているせいか、ストーリーはまったく覚えていない。だが、ラストシーンだけはまだ目に残っている。緑の森を写していたカメラが徐々に高くなり、画面に白い砂浜と海が見えてくる。黒に近い緑の森とエメラルド色の海、白い砂が当時のわたしには新鮮だったのだろう。でも、そのシーンはポスターか予告に出てきたものだったかもしれない

もうひとつ、わたしが見た映画ではないが、義母の若いころの話がある。

いつか小説に主人公として登場していただこうと思っているのだが、義母はなかなかユニークな面白い人である。昭和の十年代、十代なかばで助産婦の資格を取り、埼玉県の東北線沿線に住んでいた義母は、慈恵医大の看護学校を受験することに決めた。誰にも相談せず、勝手に自分だけで決めるところが、わたしに近いものがあって親しみ深くもあり興味深いものがある。そこで受験し、合格して看護婦になり、という人生を歩むことになるのだが、問題はその受験の動機である。

「朝、汽車に乗っていっても、試験は午前中で終わるでしょう。それなら帰りに上野で映画が見られるな、と思って試験を受けることにしたの」

残念ながらそれほど見たかった映画が何だったのかは記憶にないという。わたしと同じで、映画なら何でもよかったのかもしれない。彼女を見ていると、そんな気がする。

義母にとっては上野の映画が人生の転機となったわけだが、わたしの場合は喜んでいいのか悲しんでいいのかわからないが、上野で成人向き映画を間違って見たことによって人生が変わったということはないようである。

（「うえの」一九九五年十月号）

子供と夏

下の階のベランダで風鈴が鳴っている。音からすると鋳物の風鈴だろうと思うが、実物を見たわけではないのでわからない。すぐ近くで聞こえても、見えないのである。都会のマンション暮らしはそんなものだ。この風鈴は何年もぶらさがりっぱなしで、年中チリチリとうるさく騒ぎ続けているが、季節が夏めいてくると、急にいい音に響きだす。

夏になると、条件反射のように子供のころの夏を思いだす。子供のころには夏といえばそれだけで空気が輝いてくるような気がして、胸がわくわくしたものだ。一ヵ月の夏休みのはじまり。夏まつり。盆おどり。海、プール、すいか、かき氷。浴衣。限りない楽しみと自由と希望に満ちた、永遠とも思われるような長い休暇。夏は子供の季節なのだろう。実際には、たいして遊びにいくところもなくて、暑くて暑くてどうしようもなく、親に叱られながらうだるような暑さの中をごろごろ転げまわって時間と体をもて余していただけなのに、どうしてあんなに毎年懲りもせずに、期待感にあふれていられたのだろう。

親にとっては、子供のいる夏休みそのものが、暑苦しい夏の代名詞みたいなものだったにちがいないけれども。

夏になっても、貧しかった我が家では冷房どころか扇風機もなく、冷蔵庫もなかった。あるのはただウチワだけ。三Cというものがブルジョアのシンボルのようにいわれたのは、わたしが中学生のころだったろうか。三Cは、カー、クーラー、カラーテレビ。その三つとも、二十年以上を経た今、我が家にもあることを思うと夢のようである。世のなかは予想を超えて豊かになったと思う。これ以上欲しいものはたいしてない。しかしだからといって子供のころのように未来にたいして期待感は抱いていない。欲しいものがないということは、欲しいものを手にいれる楽しみがないということで、寒々しい予感がする。

といってもやはり夏になれば気分は開放的になり、どことなく楽天的になる。じりじりと暑い光を、日焼け止めクリームを塗った首筋に浴びながら、汗を流して歩くだけでも爽快な気分だ。細い体に大きな胸をした若い女たちが、大胆な服装で元気良く歩いている姿を見るのも、楽しい。

先日、駅のポスターに、上野の納涼大会が七月十七日からはじまる、と書いてあるのを見つけた。わたしは祭りのような人込みを好かないので、上野の納涼大会にも行ったことがない、と思っていたのだが、そのポスターを見ていたら、そのうち不思議な既知感に包まれて、胸がうずいてきた。

広い池の水にずらっと並んだ祭り提灯の火が映っている光景である。小さな子供のわたしが浴衣を着て、大人の手にひかれて歩いている。

軒下で南部鉄の風鈴が鳴り、庭には母が丹精した夏の花々が咲き、母の手製のなでしこ模様のゆかたを着て、赤い三尺帯をしめてもらう。帯の芯には折り畳んだ新聞紙が入っていて、たたくとガサガサ音をたてる。新しい下駄の鼻緒に足の指を入れる。

それは昼間の光景で、いろいろな夏祭りの光景につながる。わたしは子供のときは、祭りの人込みが好きで好きでたまらなかったのだ。小学校に上がる前につくってもらった浴衣を十歳ころまで、毎年夏になると着せてもらうのを楽しみにしていた。自宅近くの祭りで山車を引く列に加わって歩いたとき。浅草の祖母の家の近くの祭りで、はじめて盆踊りの輪に加わり、踊りが気にいって、いつまでもやめようとせず、眠くてふらふらになっているのに踊り続けたと、あとまでずっと笑われたときのこと。

しかしそれとは別の、水に映る無数のぼんぼりの記憶がみょうに強烈に甦ってきたのだった。たくさんの人が水辺の道を浴衣姿で歩いている。小さな島があり、赤い鳥居があった。

あれはたしかに上野の不忍池だったにちがいない。不忍池では、何度か親にボートに乗せてもらいにいったのを覚えている。しかし夜になってわざわざ電車に乗って上野の祭りまで連れていってくれたとは思えない。わたしの親は、あまり体が丈夫でなくて、世間の親のようには、子供を連れて遊びにでるということをあまりしなかった。そういう機会が数少なかったので、何かあったときのことは、かえって鮮明にわたしの記憶に残っているのだ。しかしその記憶はあまりに古く、あまりにあいまいで、自分の記憶のようではなかった。

幼かったときのいろいろな記憶に、大人になってからの記憶も混ざりこんで、何もかもごちゃごちゃにかたまってひきはがすこともできなくなってしまったようである。

しかし何とも気になるので、親に電話をかけて聞いてみることにした。

「上野のおばさんのところへいったときのことかしら」

母親は意外に簡単に謎をといてくれた。

「上野のおばさんが死ぬ前に一度だけ、夏祭りのときに呼んでくれたことがあったのよ。池之端に家があったんだけど、間もなく亡くなって、家ももうなくなってしまったんじゃないの。あなた、よく覚えていたわねえ。まだ三つかそこらのときだったんじゃないかしら」

上野のおばさんという人をわたしはまったく覚えていない。そういう親戚があったことも知らなかった。母によれば、父の伯母だそうで、ほとんどつきあいもなく、たまたまそのときだけ、何かの拍子でそういうことになったのだそうだ。そのあと間もなくその人は亡くなって関係も途絶えたということだ。

千住という東京の片田舎のようなところに住んでいて、上野のはなやかな夏祭りは実にあざやかに幼かったわたしの記憶に刻まれたのだろう。

浴衣は、なでしこ模様ではなく、もっと小さなときにつくった子供用のもので、模様は忘れてしまったわ、と母にいわれた。


（「うえの」一九九六年八月号）

「たけくらべ」の見返り柳

〈廻れば大門の見返り柳いと長けれど、お歯ぐろ溝に燈火うつる三階の騒ぎも手に取る如く、明けくれなしの車の往来にはかり知られぬ全盛をうらなひて、大音寺前と名は仏くさけれど、さりとは陽気の町と住みたる人の申しき、三島神社の角をまがりてよりこれぞと見ゆる家もなく、かたぶく軒端の十軒長屋二十軒長や……〉

「たけくらべ」の冒頭部分にでてくる、この作品の舞台は、作者樋口一葉が住んでいたところにごくごく近い。一葉の長屋は下谷区龍泉寺町三六八番地。明治二十六年七月二十日から二十七年四月末まで。わずか一年足らずしか住まなかったけれども、ここでの暮らしが、翌二十八年に発表された代表作「たけくらべ」に鮮明に映しだされている。住居跡近くに現在、一葉記念館が建っている。

日記などを読むと一葉自身はこの土地があまり好きではなかったようである。ちょうど貧しさが煮詰まって、ここへ移って商売を始めて心機一転と思ったのにそれもうまくいかず、またしょんぼりとこの土地を離れる結果になったのだから、しかたのないことなのだろう。

〈蚊のいと多き処にて、藪蚊という大きなるが、夕暮よりうなり出る、おそろしきまで也。この蚊なくならんほどは、綿入きる時ぞとさる人のいひしが、冬までかくてあらんこと侘し〉という引っ越し当日の感想が日記に記してある。何だかいやなところへきてしまったなあと思ったことだろう。自分がどんどんおちぶれていくような気がしたことだろう。しかもそこでもまた生活をたて直すことに失敗したのだから、後々まで印象がよかったわけもない。遊廓の裏に広がる長屋の住人たちは、ほとんどが遊廓に関係のある仕事で生計をたてていた。東京の中でも特殊な町だったといえる。

それでも、そんな長屋に苦しい思いをして住んだ経験が、この、日本で最初のプロの女性小説家に、名作「たけくらべ」を書かせたのである。町の特殊さと一葉の作家魂のようなものが、短い時間のうちにしっかり触れ合って化学反応をおこしたのである。

見返り柳をはさんで、というよりも吉原遊廓をはさんで、私の父方と母方の両方の祖母に当たる人が、住んでいたことがある。

父方の祖母は、明治十七年に生まれて、昭和八年に死んでいる。私の生まれる十五年も前のことだ。そのころ私の父はまだ小学校の三年で、美しい母が自分を残して死んでしまったことを悲しいと思うだけだったが、大人になってから、母親のことを何ひとつ知らないことに気がついて、焦った気持ちになったそうだ。生まれたときから両親がなく、料亭のようなところの娘分として育ったらしく、ひょっとしたら若いころは吉原あたりで何かそのようなことをやっていたのではないかと一人で気を揉んでいた。私も父のそんな心の悩みを知ってから、祖母と、それからやはり若くして死んでしまった父の姉のことを、折にふれて少しずつ調べている。

伯母は龍泉寺町の八八番地で生まれている。調べてみると、何と一葉のいた長屋の真向かいなのである。「たけくらべ」で美登利たちがたむろして遊ぶ筆屋の位置だ。祖母の名が一葉と同じ「なつ」だったから、よけいに感動し、私の頭の中で祖母と一葉が混じりあってしまった。祖母なつが、そこで父の姉にあたる人を生んだのは大正五年。一葉がでていってから十八年後である。大正十一年生まれの私の父は別のところで生まれている。

一葉は明治五年生れだから、同じ龍泉寺町に住んだ祖母より一回り年上。一葉がその町で荒物屋兼駄菓子屋をやっていたとき、ちょうど筆屋で遊んでいた美登利と同じくらいの年頃だった。

母方の祖母ミヨは、父方の祖母なつより一回り以上、年下である。なつが龍泉寺町の長屋で女の子を生んだと同じ大正五年、十六歳のミヨが結婚した。大門の前から見返り柳に背中を向けて二、三百メートルいったところに家があった。寄席を祖父が買い取って改造した大きな家で天井がやたらに高かった。わたしは子供のころに何度も遊びにいって、「吉原大門前」というバス停で降りたが、見返り柳を見たのかどうか。

大人になって、一葉を知ってから、私はしばしばその三人が「いと長き見返り柳」の下で、立ち話などしている場面を夢想することがある。なぜか揃って二十歳くらいで、仲良しの三人組として。

(「うえの」一九九六年十一月号)

花火

隅田川の近くで生まれ育ったことが、いちばん嬉しいと思えるのは、そのおかげで花火見物の機会に恵まれたことである。花火を、むかし、私は、夏の夜の宝石のように大切に感じていて、夜空に花開く花火を見るためだけにでも、夏がくるのを心待ちにしたものだ。しかし、大きな花火大会を、子供のころには見た覚えがない。強烈な印象になって記憶に残っているのは、なでしこ模様のゆかたに赤い三尺帯を結んだ七、八歳の自分が、手のなかではぜる線香花火の小さな火の玉を、無心にじっと見つめている姿である。

浅草の吉原大門の斜め前あたりに、母の実家があって、小学生のころは毎年、夏休みになると一人で泊まりに行っていたから、古くから続いている隅田川大花火大会へも、たくさんいた叔母たちの誰かに連れられて、一度くらいは行ったことがあるはずだが、覚えていないのは奇妙だと思って、調べてみた。

一七三三年に、はじめて、隅田川は両国で川開き花火大会が開催された。これが恒例行事となって途中で三回の中断時期がありながら、現在に至るまでの二百六十五年間、続いているわけである。昔の人もいまの人も、そしておそらく未来の人までも、花火の美しさに心ひかれることは変わりがないのだろう。

花火大会が中断された一回目は、維新で混乱していた江戸末期のことである。明治三年に復活して、二回目の中断が、昭和の十二年から二十二年までの十一年間。日華事変の勃発から第二次大戦の混乱が落ち着くまでということになる。戦争での中断はその二回だが、もう一回は昭和三十六年から五十二年までで、川の悪臭がひどくなりすぎたことと、地下鉄工事による道路渋滞がその理由だったという。

中断は、花火だけではない。やはり隅田川の恒例行事になっていた、大学対抗ボートレースも、汚染と悪臭が理由で、この時期、次々と別の川へと去っていき、再びもどってくるには、花火の復活と同じ昭和五十三年の夏まで、待たなければならなかった。

また、昭和三十四年の夏に襲来した台風の影響で、東京は大洪水になった。その後、急遽、隅田川ぞいに高潮対策として六メートルを越えるコンクリート堤防の建設が計画され、昭和四十年ころから工事にかかり、五十年ころまでに順次、完成した。その大規模な工事は、花火大会が中断されていた間に行われ、川の水質改善も同時に進行されていたのである。

あれやこれやで、昭和の花火大会中断は、十七年の長きにわたった。昭和二十三年生まれの私にとっては、中学一年の夏から、三十歳の夏まで、大きな花火大会と縁がなかったのである。その数年前から、川の汚染は悪化の一途をたどっていたにちがいなく、私のもの心ついたころには、すでに隅田川に近づかない習慣ができていたと思うしかない。だからよけいに私にとって花火は、現実離れした幻想めいた美しさで、あやしく輝くのだろう。

しかしそれ以後は、隅田川の近くに住み続けてきたおかげで、花火見物の機会にはずいぶん恵まれることになった。

いま我が家のあるところから、川開き花火大会の発祥地である両国には、徒歩で十数分、復活後の花火大会の本拠地である隅田公園には、夫の実家からやはり徒歩で三、四分で行くことができる。どちらにしても花火大会は我が家の庭で行われるようなものである。

最近は花火大会の会場が二つに分かれ、第一会場が隅田公園にかかる桜橋付近、第二会場が蔵前橋と厩橋の間ということになっている。

浅草の夫の実家は、第一会場までほんの目と鼻の先で、町の人々はそれぞれ自宅の前に縁台や椅子テーブルなどをもちだし、ごちそうを山のように盛る。そこに大勢の家族や親戚が集まって、わいわい楽しむ。近所じゅうが、お祭り気分で道に店を広げるのだ。

遠くからくる花火観光客は、会場の隅田公園にぎゅうぎゅうづめになって首が疲れるほど真上の空を見上げて見物する。

夫の母が元気だったころは、花火大会当日になると、得意料理のいなりずしをたくさん作って待っていてくれたので、私たちもそれを楽しみにして出かけていったものだ。

私の親類に花火道楽で身代をつぶしたという人がいると聞く。新潟は長岡の農民だった人だが、花火にとりつかれて、見るだけではあきたらなくなり、ついに田んぼのまんなかに花火小屋をこしらえて、そこで花火づくりにふけるようになった。そうして自信作ができあがると、各地の大会に出かけていって数々入賞したそうだが、やがてとうとう財産を使いはたしてしまい、田んぼまで人手にわたったという逸話の持主である。私の花火好きには、その人の血もまじっているのだろう。

だが最近は花火大会にでかけて行くことはなくなった。むろん花火大会の当日になると、いまだに胸がわくわくする。家にいて、花火の音が鳴るのを聞き、窓から、通りをぞろぞろ歩いていく、浴衣に下駄といったいでたちの団扇をもった人々の楽しそうな群を眺めるだけですませている。

夫の老母の入院生活が長引き、実家に行っても待ってくれている人が誰もいなくなってしまったためである。

（「うえの」一九九九年七月号）

上野の夏の夜の生徒

私が都立上野高校の定時制の生徒だったのは十七歳から二十歳の三年間。一九六六年から六九年にかけてで、高度経済成長の時期に重なる。その頃の記憶は、ある部分は強烈に残っている。それ以外はよく覚えていない。全体の印象としては、ひどく蒸し暑い夏の夜の、浅い眠りのなかで見た、切れ切れの夢のようである。

暗い穴の中にすっぽりとはまりこんでしまって、身動きできずに、じっとしている私がいる。まるでマユのように固まっている。そこは夏の夜の底のように暑くて暗い。物音も聞こえない。はるか頭上に、美しい色とりどりの明かりが輝いている。

それが私の、上野の夜学に通う生徒だったころの、自分のイメージである。

いやな思い出のようだが、そうではない。その反対に、私はその頃、実は毎日が楽しくてしかたがなかった。

その前の一年間、私は学校に行っていなかった。昼間の高校を一年でやめて、何もせずにぶらぶらしていた。その空白の一年の後に、夜学に通いだした。

いろいろ問題はあったが、そのあたりで私は、ようやく居場所を得た気分を味わっていたのだ。

夜学に通いはじめてから、私は、徐々に静かで勉強好きの少女に生まれ変わった。それまでの私は、本を読んだり、考えごとをはじめたりすると、そのことに没頭して周囲が見えなくなり、無理に中断させられるとカッとして、家族や友人と小さないさかいを繰り返していた。

小説を読みたいという、焦るような気持ちが、物心ついたころから私の心に住みついていて、読んでいないと、落ち着かなくて、何も手につかない。

私の周囲には、小説を読むことに夢中になってしまうようなだらしのない人は一人もいなかった。小説はひまつぶしに読むものであるらしかった。小説を読むこと以外には何もしたくなかった私は変人扱いされた。私の小さな頭の中は小説のことで一杯で、そのことが自分でもはずかしかった。

いったいどういう人が小説を書くのだろう？　いつどこで誰が書いたものなのだろう？　第一、どうやって書くのだろう？

そんなことばかり考えていたら、何だか私はわけもわからず、衝動的に学校をやめてしまったのだ。それからまた一人であれこれ考えたあげくに、夜学に入り直したのだ。時々私はパニックにおちいり、ただ焦って、逃げだしてしまうことがある。

夜学の空気が合ったのか、私は落ち着きを取り戻して、最初の夏休みに小説を書きはじめた、ごく自然にそうなった。うまく書けるわけもなかったが、書いているというだけで満足し、幸福感を味わった。そのために生まれてきたような気がした。

何よりよかったのは、夜学が上野にあったことだと思う。上野という土地を私は好きで、そこへ通っていけることがまず嬉しかった。毎夕、暗くなるころに、地下鉄に乗って、上野に向かう。緑多い高台にある上野は、低湿地帯の千住育ちだった私にとって、空気の澄んだ美しい土地であった。懐かしい繁華街であり、芸大や科学博物館や美術館やらが集まった学術の森だった。映画街もデパートもある。夕刻からの上野駅周辺は、ネオンが輝き、どこよりも明るい人込みになる。そのにぎやかな場所を抜けて、私は一人暗い公園に入ってゆく。動物園から漏れてくる獣の咆哮を耳にしながら、足早に教室に向かう。私の勝手な実感だが、山奥の隠れ家に通っている心境であった。夏休みも毎日のように出かけていって、誰もいない教室で夢中で小説を書いた。そこは私のためにあるような場所だった。教室のなかも外も静かで暗い。その暗闇のなかにいると、ゆったりと呼吸することができた。

それから振り返ってみるとふしぎなくらい私は学校という場所に長くいた。夜学から大学に進んで、卒業後は大学に勤め、本格的に小説を書くようになって退職したが、年をとってあまり作品を書かなくなってからは、人にすすめられて、短大の非常勤講師になり、週二日、学生が小説を書く手伝いをするようになった。立場は変わったが、小説のにおいのする教室へ向かう度、上野の夜道を通っていた頃を思い出して、そわそわする。教室には毎年一人か二人くらい必ずかつての自分に似た、マユになりかけの少女がいる。

私にとって学校の原風景も小説の生まれたところも、上野の夏の夜の山の中である。

（「うえの」二〇一〇年八月号）

東京スカイツリーのこと

自宅マンションの三階のベランダから、いまをときめく東京スカイツリーの姿が、見えます。全身が見えるわけではありません。我が家から見えるのはちょうど上半分です。夜のライトアップのとき、色が変わる青や紫の部分が、残念ながらほとんど見えません。でも、上部は欠けるところなく全部が見えます。隣のマンションと少し遠くのマンションの間に、奇跡的なくらいにきれいにちょうどよくおさまって、天気のよい日には神々しく輝いています。

マンションの前も、とうきょうスカイツリー駅行きのバス停。ツリー完成の直前に駅名変更で、業平橋行きだったのが、とうきょうスカイツリー駅行きに変わりました。

何だか、ふしぎな気分です。ふしぎに楽しくて嬉しいのです。静かなお祭りみたいな気分です。

スカイツリーが五月十一日に開業して以来、マンション前の人通りが、ツリー方向に、明らかに増えました。とくに自転車の群が慌ただしい流れをつくっています。見上げれば行き先が見えるので、あっちだ、という明るい声とともに自転車が去ってゆくのも、近頃は日常の光景になりました。

家の前の道は三ツ目通りといって、約二・五キロ北で水戸街道につながります。そのため、車道は常に渋滞ぎみに車が混み合いますが、舗道のふだんの人通りは、閑古鳥が鳴くほどです。

昨年の東日本大震災の日の、夕方から深夜に及ぶまで、その同じ道を逆の方向に、黙々と歩く人の列が途絶えることなく続いていたのを、思い出します。あの夜、私は、都心に出て帰らない夫を案じながら、ベランダの窓の下の、帰宅を急ぐ人の列をずっと見つめて過ごしたのです。幸い夫から「無事」との電話があったので、心の余裕はありました。しかしあまりにいつまでも人の波がとぎれないので、胸の動悸もとまりませんでした。その時の人通りは、テレビの報道と直結して、本当に異常な大事件が起きたことの証明を見る思いでした。

それを思えば、近頃の、ツリー見物目的の人通りのにぎやかさは、ありがたいようなものです。

そういえば震災の日のあの瞬間、私はとっさにスカイツリーの見えるベランダとは反対の方向にある玄関を目指して脱兎のごとく走り、揺れのおさまるまで開けたドアにしがみつくようにしてしゃがみこんでいました。揺れがおさまってから、はっと思いついてベランダに走り、工事中のスカイツリーを確認しました。一見、何の変化もなく、そびえているのを見て、ほっとしました。我が家のどこもほとんど倒れたりくずれたりしたところがなく、窓から見えるご近所の家々も、とりあえず無事のようでした。たくさんの人が道に出てきて、たたずんだり、うろうろしたりしていますが、悲鳴や叫び声が聞こえてくることもなく、ツリーの手前にかかる高架首都高も変わらない姿です。

しかし何よりスカイツリーのまっすぐな姿を見たことで、私はずいぶん落ち着きを取り戻しました。それ以来、私はスカイツリーに好感を抱いています。毎朝、起きるとベランダ側のカーテンをあけますが、そのとき必ずツリーを見ます。天候によって見え方は様々です。雨が降っていればまず見えません。これから雨が降るという予報のときにも、完全に姿を隠していることもあればうっすらと見えることもあります。たった三キロしか離れていないのに、まったく見えないと何だか、がっかりします。部分的に雲がかかって、上だけが見えなかったり、途中の展望台のあたりだけ雲に包まれていたり、太陽の光の加減で色合いがさまざまに変化したり。寝る前も見ます。本当に、予想外に、驚くほど、毎日、見るのが楽しみです。

今年は隅田川の花火大会もいっそう待ちどおしくなりました。昨年は震災の影響で日にちもずれ、見物も遠慮ぎみになりがちでしたが、今年はツリーの完成もあって、盛大になりそうな気がします。

ただ、打ち上げ花火は、高さ二百メートル程度のところで開くので、三百五十メートルの展望デッキから見下ろす形になるという話です。一番大きなものだと六百メートルまであがるということで、それだと四百五十メートルの展望シャトルからでも見上げることはできる計算ですが、東京のように建物がひしめく土地では、そんな大きな花火は無理だそうです。どういうことになるか、もしかするとツリーからの花火もあるかもしれません。楽しみに待ちたいと思います。


(「うえの」二〇一二年七月号)

御酉様と一葉とその他

御酉様と樋口一葉はほとんどセットで頭に浮かびます。私の血縁も含めた長い因縁があるのです。

まず一葉と御酉様。

御酉様の祭礼が行われる鷲神社の近くに、一葉が小店を開いたのは明治二十六年八月六日。日本最初の女性職業作家としてデビューはしたものの、生活してゆくには収入が足りませんでした。荒物、雑貨、駄菓子、玩具などを商って、生活を建て直そうとしたのです。その三ヵ月後、何とか商いが順調らしかった十一月、御酉様の日がやってきます。

日記にこうあります。

八日薄曇り。今日は癸酉なりとて例の通り市どもたつ、日くれ前少し人の出はげしかるべき頃より雨ふり出づ、周章狼狽といふの外なし、おもはぬ儲は馬車、人力、飲食店、かさやなどなり。

十九日はれ。神田にかひ出しす、明日は二の酉なれば店の用事いそがはし。文学界に出すべきものもいまだまとまざる上に、昨日今日は商用いとせわしくわづらはしさたえ難し。二の酉のにぎはひは此近年おぼえぬ景気といへり、熊手、かねもち、大がしらをはじめ延喜物うる家、大方うれ切れにならざるもなく、十二時過る頃には出店さへ少なく成ぬとぞ、廓内のにぎはひおしてしるべし。

偶然ですが、それから百二十年目にあたる平成二十四年の今年の御酉様も同じく八日二十日です。

生活も大事、原稿を書くのも大事、両方がなかなかうまく回らなくて、いらだっています。でも、嬉しい悲鳴のようでもあります。

その三ヵ月後の明治二十七年一月七日には、向かいに同業の店がオープンして、次の日から一葉の店はヒマになります。二月には生活が窮乏し、五月一日にはとうとう店をたたんで転居します。

しかしこの九ヵ月ほどの苦しい経験が、彼女の才能を一気に花さかせる力になります。転居先で彼女は、力つきて亡くなるまでの短い期間、爆発したかのように代表作を次々と生み出し続けます。

次に一葉と私の祖母。

一葉の店は下谷龍泉寺町三六八番地にありました。大音寺通りに並ぶ長屋の一軒で、長屋は、代表作中の代表作「たけくらべ」の舞台になりました。その斜め向かいが主人公の美登利たちのたまり場になった「筆屋」という設定です。実は私の父方の祖父母がその同じ場所で新所帯をもちました。祖母は一葉の本名と同じ、なつ、という名でした。

祖母なつも、一葉と同じように女ながら家督相続していて、戸主でした。祖父も長男で戸主でした。二人は郷里葛飾の家を出て、下谷で同棲をはじめました。一葉居住時代からは四半世紀も後のことではありますが、私には宝のような偶然です。

一葉は明治五年うまれ。祖母は一葉より一回り下の明治十七年うまれ。

祖母は、ひょっとすると吉原の遊廓の養女であったかもしれない、と祖母の戸籍などから、父がそんな心配をしていたことがあります。私は小説家になりたての時期にそんな知識をいろいろ得ました。以来、私の頭の中で、美登利と祖母と一葉と自分が、ごちゃごちゃに混じり合ってしまいました。

ついでにいえば、私の母の実家もまた、吉原遊廓の出入口、見返り柳のすぐ近くにあって、その古びた家の高い鴨居に、大熊手が飾ってあって、御酉様で買ったものだと教えられていました。

一葉は明治二十九年の十一月二十三日になくなりました。私の誕生日は、十一月十三日です。誕生日がくるごとに、御酉様と一葉と自分のことを、こんがらがった糸玉みたいに、まとめて思い浮かべるのです。

小説家になりたい女の子だった時代の一葉と自分。小説家になってからもうまく書けずにもんもんとする日記の文章は、読むたびに胸がつまります。あんな天才だったのに、凡才の私と似たような苦しみ方をしている、と。

（「うえの」二〇一二年十一月号）

出会い——上野東照宮ぼたん苑をめぐって

上野東照宮ぼたん苑が元日から開いていると、昨年暮れに「うえの」編集部から教えられて、元日になるのを待ちかね、さっそく出かけました。

墨田区の我が家からは、都営地下鉄大江戸線一本で行けます。上野御徒町駅で下車し、地上に出るとすぐ不忍池が間近に見えます。

冬の不忍池を見ると、私の胸は高鳴ります。東京一好きな景色です。広い池があって、その水面が埋もれるほどぎっしりと枯れ蓮や葦草などが生えていて、隙間を、カモなどの水鳥が、うようよと泳ぎ回っています。

池の上には、信じられないほどに広い空が青く輝いています。子供のころに見た風景と変わらない、自然があふれている、と思って、胸がつまります。子供のころに見た風景と変わらない、という懐かしさもあります。

東京で生まれ育って、子供のころの環境がそっくり残っているところなんて、ここ以外にほとんどありません。お寺とか神社とか、外観の変わらない建物はあっても、その周囲の建物はどんどん変わるので、広い景色ごと、変貌の連続です。

ぼたん苑を訊ねるのは今回が初めてです。子供のころ散々歩き回った上野公園ではありますが、ぼたん苑が上野にあることも知りませんでした。

八年前に知っていれば、見に行っていたと思います。

そのころ、大病をしました。病気が癒えてから、私は急にぼたんを好きになりました。

それまで、私は、農学部を卒業しているくせに、花をあまり好きではありませんでした。花は、むせかえるような生気に満ちていて、異性に媚びて気を引くもののシンボルというイメージが強かったものですから。

枯れ草や枯れ木が好きでした。そういうひねくれたところが私の小説の原点だったのだろうと思います。生き生きした小説が書けなかった理由も、そのへんにあるのでしょう。生きるのが楽しいと思うのか、生きるのが大変だと思うのか。

看護師だった義母に教わった言葉があります。義母は、晩年、枯れかけた花でも、大切に世話をするような人でした。

「せっかく生きているのだから、最後まで生かしてやらなくっちゃ」

それが口癖でした。

その言葉が、病中に、ふと耳に甦ってきたのです。そのときから、私の体の中で何かが変わって、お見舞いにいただいた花々が急に美しく見えはじめました。なかでもぼたんに目を奪われました。

ぼたんは、あでやかで派手で大きな花です。やわらかい花びらが豊かなひだをつくって、陰も光も包みこみます。なにより風格があって立派です。大切なもの、というふうに感じます。憧れて、手の届かないもの、というふうに思います。

つぼみのついた一枝だけ買って花瓶にさし、じっくりと花が開いてゆくのを楽しみます。ぼたんが一枝あれば、家の中がぱっと明るく華やかになり、満ち足りた気分になります。

冬のぼたん苑は、花のついたものは一本残らずワラでつくった雪囲いで守られています。蓑笠を着ているみたいでとても愛らしく、ひとつずつ顔をのぞきこむように丁寧に見ていきたい気持ちになって、足どりも自然にゆっくりになります。お正月なので見物に来た人々の表情や身動きもおだやかでした。人出もほどよく、見物路は迷路のように人一人の幅で区切られた一方通行なので、渋滞もなく、堪能しました。

これほどたくさんのぼたんを一度に見たのは初めてですが、見飽きることなく、花の顔の違いを楽しむことができました。ぼたん色の花が自分の最も好きな色のような気がしました。所々、蠟梅の黄色い花とか、千両万両の黄色や赤の実の粒などが、雰囲気を変えていて、新鮮でした。

実は、たった今、一月六日ですが、久しく会っていなかった四歳下の妹から電話がありました。元気のない声だったので、認知症を患って特養で暮らしている母に何かあったのかと緊張しましたが、異変に襲われたのは妹本人でした。秋にガンが見つかって今は自宅で緩和ケアを受けている、と打ち明けられました。

ただせめて電話をもらったのがぼたんを見たあとでよかったと思います。妹がふと純白のぼたんのように感じられて、頑張れ、といえたので。

（「うえの」二〇一三年二月号）

二色の隅田川

隅田川のほとりに、汐入《しおいり》と呼ばれてきた場所があります。小さな公園や小学校の名前などに使われています。場所は東京都荒川区、JR南千住駅の東側の地域です。その名のとおり、東京湾の海水が、満潮時には、ここまで遡ってくる地点です。現在の町名では荒川八丁目あたりです。

中学生のころ、その荒川八丁目に住んでいました。父親の勤める会社が、千住製紙株式会社といって、隅田川沿いに広い敷地を所有していて、敷地内の社宅に、私たち一家も長く住んでいたのです。社宅もまた、隅田川にはりつくような場所に建っていました。

今思うと、ちょうど汐入の終点あたりに我が家はあったのでしょう。私は子供のころから川が好きで、朝に夕に一人で堤防に頬杖をついて、水面に見入って過ごしましたが、川が流れているというイメージが私の記憶にはないのです。滞って流れない川、それが自分の故郷、という印象です。

もしもう少しだけ私の家が汐入の地よりも下流にあったら、川の水も時間によって満ちたり引いたりするというイメージをもって育ったことでしょう。

川は上流から下流に流れるわけで、流れない川、というのは私の思い込みでしょう。おそらく、汐入特有の、流れがとまって見える時間というものがあって、それが私の記憶に残っているのかもしれません。そして、その流れない川のイメージが、私の小説のはじまりというか、おおげさにいえば核心のような気もしますので、ふしぎな巡り合わせです。

私がよく川に見入っていたのは、日本の高度経済成長時代の公害のために史上最も汚染されていた時期にあたります。

黒く濁って動かない川の水は、黒板のようでした。でもそれを見つめていると、私の胸からは想像があふれ、未来に向けて自分はどんなふうに生きてゆくのかと、胸がふくらみました。しかしちょうどそのころから隅田川沿いに高潮のための防壁が築かれるようになり、道を歩いていてもその高い堤防に視界を塞がれて、橋の上からでなければ、川の水を見ることもむずかしくなっていきました。

それから長く隅田川を離れて多摩川の近くに住むようになりましたが、その間はせっかくきれいな水の川のそばにいながら、川そのものにあまり興味を持ちませんでした。

結婚して現在の住まい、隅田川からの支流、竪川沿いに移ってきました。墨田区立川（たてかわ。竪川がこの字に変更されました）というところです。両国橋からわずかに下流です。子供のころに住んでいたところからだとずいぶん下流にきました。ここでは明らかに時間によって川の流れる方向が逆転します。はっきりと干潮と満潮の水位が変わるのがわかります。低い土地なので満潮時には水が川いっぱいになります。魚類もずいぶんいろいろ上ってきます。ク

撮影：著者

ラゲやボラは日常見かけます。何年か前には、近所の橋の下に飛び魚の稚魚が数匹いました。上流に行こうと懸命に泳いでいるのに、流れに押されて一向に進めず、半日ほど同じ場所で泳ぎ続けていました。翌日にはいなくなっていました。

もうひとつ両国橋付近を歩いていて見つけたものがあります。隅田川と神田川が合流している場所で、神田川から隅田川へ水が流れ込んでくるのが、色の違いでわかります。その写真を見てもらいたくてこの文章を書きました。説明します。満潮をすぎた時間帯なので、水は右手から左手方向に流れています。

正面に見えるのは柳橋です。左奥からこの柳橋の下を流れるのが神田川です。神田川は、東京三鷹の井の頭公園から流れてきています。

数年前のある夏のことです。前の日に東京西部でのみ、豪雨があり、水嵩を増して流れながら土砂などの堆積物を押し流してここまで運んできたのです。隅田川と神田川の水の色の違いは、そういう理由によります。珍しいので思わず写真を撮りました。二色の水は混じり合わずに、視界の届く永代橋のあたりまではそのまま色ちがいに流れ続けていました。

もしかすると東京湾までそのまま行ったかもしれません。

こんな極端な現象を見たのは一度きりでしたが、それほどではなくてもよく見れば、ふだんでも、水の色に違いはあります。色だけでなく流れの速さも違うようで、潮目という感じの境界線が浮きでているのです。そしてカモメなどはその潮目に群がって、捕食しています。

（「うえの」二〇一四年十一月号）

隅田川暮らし

隅田川のそばで暮らして五十年ほどたちます。成人前に十九年、結婚後に二十九年です。ふだんから川を意識して暮らしています。川が見えると気持が落ち着きます。体の一部のように感じています。青春時代に一度離れて、大人になってまた戻ってきて、あとはずっとそこにしがみついている。秋に生まれたから秋が好き、と同じように、そこで生まれたからそこが好き、という感じです。

　古くて使いなれたものが好きな性分のようです。若いころはむしょうに、新しいところへ行って、新しい人々と出会って、新しいことをやりたい、と欲していましたが、そういう生活は結局、疲れるばかりで続きませんでした。
　五、六歳のころ小説家になりたいと思った。人生最初の夢が、そのまま一生続く夢になり、仕事になりました。途中で一度も別の夢に心を奪われることはありませんでした。初恋の幼なじみと結婚し、生まれた場所の近くに新居を構えました。以来転居することもなく、そこを終のすみかにするつもりです。二年ほど前、家から歩いて十五分のところに墓を買い求めました。こどものない夫婦なので二人だけの墓です。隅田川の湿気が届く両国橋のたもとにあります。死んだあと川のそばにいられる、と安心しています。
　若いころは隅田川の汚れた水が嫌いで、渓谷の清流近くに、小さな山小屋を手に入れ、しばらくの間暮らしてみたことがあります。しかし、水音をたてて忙しく流れる透明な水は、ただ慌ただしく、自分の思いや視線を跳ね返すばかり、と感じました。

　そうしてだんだん、隅田川の静かな黒ずんだ水が懐かしく思いだされてきました。あの水のなかに、自分の記憶や感情がとけ込んでいるのだと思いました。

　人の暮らしのそばにある川の水は、澄んだままではいられず、人の垢や汗で濁るのです。多くの人が隅田川の水のそばで暮らし続けているのです。水の色は人の色、と今は思っています。

楽しいときは川のことを思いだしません。何かしら悩みを抱えると、思い出したように川を見にゆきたくなります。

隅田川の遊歩道沿いを散歩すると、よけいな感情が洗い流されて、悩みが軽くなります。毎日、川沿いを散歩します。隅田川からの支流、竪川は短く、途切れた先が首都高から直角に離れ、横川となって木場方面に向かいます。横川沿いに、緑豊かな猿江恩賜公園、木場公園があります。

我が家からどの方面に向かっても、隅田川とつながっている支流に出ます。どこにゆくにもいくつもの橋を渡ります。

三年前から、毎年、隅田川花火大会を見物するようになりました。それまでは、混雑が苦手で、花火大会に近づかないようにしていましたが、厩橋近くのマンションの上層階に住む知人が、七月になると花火大会に呼んでくれるようになりました。第一会場は浅草桜橋付近ですが、これは夫と私の母の実家の近くで、一度だけ見物したことがあります。大変な賑わいで、花火は素晴らしかったのですが、周囲で頻発する場所取りの小競り合いに嫌気がさして、二度と行っていません。

厩橋は第二会場です。一昨年、はじめてのときは打ち上げがはじまって五分で豪雨に見舞われ、そのまま中止となりました。昨年は好天に恵まれて、ゆっくり鑑賞できました。ほぼ四半世紀ぶりの本格的な花火見物でした。十一階のベランダで、輝くスカイツリーと花火が同じ視界におさまります。遠くのビルの隙間に第一会場の花火が小さく見えます。打ち上がる瞬間から、夜空に光が広がって消えるまで、すべてが見えます。厩橋とそこにつながる道路は、花火見物の人々で埋まっています。人々は大勢の警察官に誘導されて、順に場所を後続の人々に譲りながら移動してゆきます。

人々を見下ろすときは、空中庭園にいるような気分に包まれ、花火を見上げるときは、隅田川の水底にいるような、少し息苦しいような気分になったりしました。不思議な二重感覚でした。今年の花火は、黄金色の稲穂を模したようなものが見事でした。爆発のような激しさで光がまっすぐ上に吹き上がります。滝を逆さに見ているみたいで、びっくりしました。

（「うえの」二〇一五年九月号）

雨傘

六月の梅雨が近づくと、いくつかの雨の記憶が体の奥から滲み出してきます。いつも真っ先に思い出すのは、亡き母のつぶやきです。雨の日の口癖でした。

私ね、雨の日って意外に好きなの。だってねえ、雨だと、何もしなくていいでしょ。お洗濯もお掃除も、何もしないでのんびりしていると、とっても心が安らぐの。

癇癪持ちだった母が、そうつぶやくときだけは、やわらかな笑顔で、少女のような甘えた声になるのです。子供だった私にとっても、心が安らぐ一瞬でした。

専業主婦だった母の、安息日だったのでしょう。洗濯機、冷蔵庫、掃除機、エアコン、レンジ。家電のなかった時代の主婦の家事は本当に大変だったと思います。でも本当は、母はひたすら甘える人だったように思います。

母の記憶に重なって、父との大事な思い出にも雨が降っています。

十六歳のとき、私は家出をしたことがあります。小説家になりたくて。社会見学をしたくて。流浪の旅に身を任せたくって。

その前の日、私は父に誘われて、晴海の国際見本市にいっしょにでかけました。父から誘ってくれたのはそれが唯一のことです。父の勤める会社が出展していて、父がその担当だったそうです。

誘われたときに、その翌日に家を出ようと決めていました。父とのひそかなお別れのデートのつもりでした。私は父が好きでした。私のことを、人とちがう物差しをもっているといって、人と同じことをやるのが苦手な私を、母の前で弁護してくれたときから、ずっと。母はどうしても私を従順で優しい女の子に教育しようとやっきになっていて、私はいつも母に叱られてばかりいました。

母の手の届かないところにいこうと思ってました。

父とのデートはあいにく朝から大雨でした。

広い会場を傘を片手に歩き続けました。髪もレインコートも濡れてきました。何を見たか覚えていません。自分の見えない未来をじっと見つめて緊張していました。もしかすると、横を歩いている父は、何もかも見抜いていて、私を引き止めるために誘ったのかと疑ったりもしてました。二人とも黙ってました。私は当時本当に無口でした。父も無口でした。

結局、父も私も何も話しませんでした。

私はその翌日、予定どおりに、学校にゆくふりをして家をでました。

それから一年たって、私は家に戻り、高校生活にも戻りました。

帰った当日も雨が降っていた記憶があります。私の濡れた髪を母が黙って拭き続けていましたから。

何事もなかったように、父と母は私を迎えいれてくれました。二人が私に何かを問いただすことはありませんでした。ただ、二人は私に今後どんな生活がしたいか訊ねてくれました。

私は、はじめて、小説を書きたい、と小さな声で打ち明けました。生まれてはじめて本当のことをいった、本当の言葉を喋ったと思いました。

それから十二年後に、小説家として出発できたのは、奇跡のような偶然です。

文字を覚えた五、六歳のころに、小説家になりたいと思いました。それ以来、ほかの夢や希望が入り込む余地はなく、そのことだけを思い続けました。才能があるとか考えたこともありません。それしかやりたいことやなりたいものがなかった。

でも、その夢がかなうとは思ったことはなかった。楽しくはなかった。書きたいことを書いたわけでもなかった。書けることを書いただけ。書く価値のあるものとも思えなかった。それでもやめないのはふしぎでした。

六十歳をすぎたら、自然に落ち着いてきて、書かなくなりました。

そうなってから、たまたまドイツとカナダで同時に私の小説が翻訳されることになって、出版もされました。できあがったものが届いたとき、二冊とも表紙の絵が、そっくりなのに驚きました。もちろん違う作品だし、デザイナーも別の人です。

雨傘を持った少女のシルエット。ひとつは田園のさびしい道をたたんだ傘を片手にとぼとぼ歩く後ろ姿。もうひとつは地下鉄のホームでたたんだ傘を片手に電車を待つ少女の後ろ姿。

私の小説って、こういうものだったのかと、へんに納得しました。たしかにずっと書き続けている間、雨の中を歩いている気分だったようにも思います。

（「うえの」二〇一七年六月号）

父をおもえば

十四年前、私の父は八十歳で亡くなりました。晩年、認知症で苦しみました。

父を思うとき、とても複雑な気持ちになります。父を好きだった気持ちと、どうしても心を

開けなかった気持ちが、入り交じって、混乱します

でも、時がたって、最近、父を他人のように思いだせることが多くなってきました。

私も七十歳になるので、さすがに、父の呪縛から解放されはじめたようです。

結構長く呪縛されていたのだなあ、と、あきれます。

生前、うまく付き合えませんでした。

重苦しい話で恐縮です。

父は亡くなる数日前、まるで予言者のように、今夜あたり私が自分を殺しにくるだろうから、武器を準備しなければならない、といいだしました。戦ってもどうせ自分が負けるだろうけど、最後まで戦うしかない、と。それから、ついでのように、母が私を嫌って困る、とつけ足しました。

病院で診察を受けて、父の認知症が明らかになった日の午後のことです。私が付き添っていました。

ショックでした。認知症の症状でもあるのですが、あまりにさらっといわれたので。たぶん、本当のことです。両親の間では日常的にそういう会話がなされていたようです。

その夜、父はいったん眠りましたが、深夜に目覚めると急に別人のように粗暴な言動で私を家から追い出しにかかりました。本気のようでした。暴れだしました。ボクの家庭をお前にかきまわされたくない。今すぐ出て行けよ。私だけでなく、母のことも追い出そうとしたので、私は、ぞっとしました。

警察を呼びました。

パトカーの警官の携帯電話を借りて、かかりつけの医師と相談し、病院に入院させてもらえることになりました。パトカーで父を病院まで運んでもらえました。

父が病院で暴れて、倒れて、意識がない、という電話連絡が、翌日に来ました。肺炎をおこし、意識のないまま、あっけなく命を閉じました。

結果、私が殺した、父の予言どおりになった、と私は今でも思っているわけです。思うしかありません。母に、みずちゃんがもてあまして殺したんでしょう？　面倒かけてごめんね。と、これもさらっといわれました。

後日、近所の親しい人から聞いたことです。父が、子供の世話になることに決まったので、お別れにきました、と挨拶にきたそうです。

私に殺されるだろうと予言した日に、です。

病院から帰ってすぐに近所の家に一人でいったようです。病院から二人をタクシーで帰し、私は、一時間ほど遅れて帰りました。その間のことです。

どういうつもりだったのかわかりませんが、何かの覚悟をしての行動だったようにも思えます。

認知症になってからの二人の口が話す言葉は、これまでの人間観がひっくり返るような、びっくりすることばかりでした。自分の親たちがどんな人だったのか、急にわからなくなりました。

まじめ一方の両親だと思い込んでいたので。

でも、薄々と感じていたような気もします。父と母の裏側の顔も。

私は自分がなぜ小説を書きたがるのか、正しい立派な人間のはずの父母に反抗したがるのか、わからなかったけど、裏の顔に刺激されていたのだろうと、今は思います。

考えてみたら、父が一番、という独裁家庭だった、というわけですね。

とにかく父は体が虚弱で、いつも機嫌が悪く、父の言葉は絶対で、批判を許さない人でした。私は父の前でいつも緊張していました。

わがままで子供っぽかった。

ただ、それだけ。

私もわがままで子供っぽいのかもしれません。父を嫌いにならなかった理由が、美しい顔と、もうひとつ、まだ小学生だった私に大学までいった方がいい、とすすめてくれたから。

でも父が怖いのは今でも変わりません。

父の死後、私は待っていたように父のことを書きましたが、書いたものが翌日になるとパソコンから消えている、という怪奇現象が三回続きました。私は父が怒っていると感じて、何も書けなくなりました。

好きになりたいけど、無理です。


（「うえの」二〇一八年六月号）

十一月の隅田川

数年前から隅田川近くのジムで週三日ほど運動しています。各三十分ずつの軽い筋トレとストレッチです。それに加えて近頃はキックボクササイズとブルガリアバッグをそれぞれ三十分ずつ隔週でやるようになりました。すべてジム専属のトレーナーが教えてくれます。ブルガリアバッグというのはまだ日本に入ったばかりの新しいエクササイズで、羊を模した皮のバッグを使った全身の筋トレです。

はじめは歩くのもやっとでした。すがる思いで、知り合いにそのジムを教わりました。指導を受けた初回で、嘘みたいに足が動くようになりました。以来、ずっと通っています。墨田区の施設で、費用も負担になるほどではない。青年トレーナーがいろいろていねいに教えてくれます。今まで動かさなかった筋肉をあの手この手できめ細かく動かしてくれる。おかげで十歳くらい若返りました。おとなになってから、こんなに体調のいい日々が続くのは初めてです。医療とは違う分野での、知識と技術のすごさを体感しています。

小説を読んで人生観が変わる。そういう小説を書きたいとずっと願ってきて、現実に読者から、そういってもらえたことが、何度かありましたが、そのときと似た深い感動を、体験できました。

身体は動くためのもので、動かないとだめになる、動かすためのトレーニングはつらいけど、トレーニングなのだから少しくらいつらいのは当たり前。そういうことを根気よく教えてくれます。日々、そういう人に接していれば、体調だけでなく人生観も変わります。

ジムのすぐ近くを隅田川が静かに流れています。厩橋が目の前にあります。隅田川花火大会の例年の第二会場でもあります。ジムから徒歩三分の距離にある高層マンションに友人一家が暮らしていて、毎年、花火の日に招待してくれます。

ジム帰りに、さっぱりした身体で川縁の遊歩道に出て、風に吹かれながら、本を読んだり、水面を眺めたりします。広々した水面と空が幸福を感じさせてくれます。

子供のころに家の近くを流れていた隅田川を重ねて思い浮かべることも多いです。千住大橋近くの湿地帯を埋め立てた土地に父が働く製紙会社と社宅があって、小学校を卒業するまでそこで育ちました。工場に囲まれ、川の水は汚れて真っ黒でした。

今の川は、ずいぶん水がきれいです。

前回の東京オリンピックを機に、東京は大工事を経て、川や道路や建物が一気に近代的につくり直されました。私は十六歳でした。二年後の東京オリンピックは七十二歳で迎えます。

満七十歳の誕生日がこの十一月十三日です。この年でまだ運動好きでいられることが嬉しいです。子供のころ、陸上競技に憧れていて百メートル走でオリンピックに出たいと思っていました。夢のまた夢でしたけど。もうひとつの夢のまた夢であった小説家になることはできたのだから、努力すれば、もしかしたら、とちょっとは胸の隅で思うことはあります。

結婚を機に隅田川の両国橋近くに住みつきました。夫も浅草育ちで、川の近くが落ち着くのは同じです。食べ物の好き嫌いや、人との相性や、着るものや日用品の好みも、金銭感覚のようなものも、笑いや怒りのツボも、ほとんど同じなので、とても生活がラクです。生まれる前からの相棒のようです。二人で隅田川を見てすごす時間は、心底、落ち着きます。

私は、隅田川を眺めているときに、小説を書きはじめる決意を固めることが多かったです。水面をじっと見つめていると、書きたいことが文字の形になって浮かびあがってきます。

昔、何かあると、一人で隅田川の岸辺にたって、水面を見つめて、気持ちを落ち着かせていましたから……。それを思い出すのかもしれません。

最近しばしば水面を見る機会がありますが、心が落ち着きすぎていて、何も浮かばず、心地よさだけを味わって帰ります。集中できず、申し訳ないです。

（「うえの」二〇一八年十一月号）

東京オリンピック

夢をもつことは大事、と思います。どんな夢をもつかで、未来が変わりそう。

一九六四年、十六歳のとき、東京オリンピックが開催されました。その少し前、陸上選手になって、オリンピックに出たい、と、突然、思いました。現実に、夢の叶う場所が、眼前に出現して、はじめて、具体的な願いが生まれたみたいでした。

オリンピックは、世界のなかの一人としての自分を意識させてくれました。

それでも、世界は広くて、遠かったですけど。

世界中を旅行したいとか、世界中の本を読みたいとか、思いました。

中学の、同じ陸上部にいた二年上の先輩が、聖火ランナーの一人に選ばれました。現実に夢がかなった人を身近に見て、びっくりしました。

東京オリンピック開催の年、私は都立高校の一年生でしたが、陸上は中学でやめました。補欠どまりでした。地区大会予選にも出られませんでした。力が足りなかったです。

思いがけず、生きているうちに、二度目の東京オリンピック開催が実現します。あと一年ですから、がんばって生きてテレビ観戦しようと思っています。

今大会のチケットを入手するのが大変、という話を聞きますが、一九六四年のときは、在籍していた高校で全在学生にチケットが無料配給されました。福袋みたいに中身がわからないまま、一人一枚、ジャンケンで分けました。

当時、同じ学校に、私の兄と、将来、夫になる人も、三年と二年にいました。種目的には上級生になるほど優遇されていて、一年生は地味で人気のない種目の予選ばかりがわりあてられていたみたいです。兄たちはバスケットとか陸上を見たといいます。

私はボートの予選を何人かの同級生と戸田に見に行きました。一生懸命観ていたのだけど、いつスタートしていつゴールして誰が勝ったのか、まるでわからなかったです。教師もいたはずですが、選手とルールについてはなんの説明もなかった。パンフレットみたいなものもなかったです。学校をやすんでオリンピックを見に来ているというワクワク感はありましたけど。日本中の同じ世代の人はそうやってオリンピックを生で見物したと何となく思いこんでいましたけど、後に、都立高校生だったからこその貴重な体験だったと気づいて、もっとちゃんと観ればよかったと後悔しました。

もうひとつ、面白い経験をしました。

開催の前、生徒のほぼ全員が、開会式の選手入場のリハーサルにかりだされました。三学年で総勢千二百人くらい。一年は八クラスあって、各クラス五十三人。いわゆる団塊の世代で、教室に牛詰めでした。

選手は各国ごとに背の高い順に十人単位で整列する、という設定で、クラスで五十人ずつ参加する、小さいほうの三人は参加しなくていい、といいわたされて、私をふくめ、三人のチビ女子が、留守番して自習ということになりました。

兄も未来の夫も小柄でしたが、男子だったので、尻尾切りにあわずにすんだようです。

この話をすると、たいていの人は、なんてかわいそうなことをするんだろう、昔だからそれですんだけど、いまだったら大変だね、といいます。

このことだけでなく、私はいつも、小さいからだめだね、といわれ続けて成長したような気がします。運動の選手とか、教員とか。なりたいものになれない思いが溜まって。

百四十五センチでした。いま世界を見ると、その身長でもけっこうスポーツ界で活躍している人がいます。

結果。やりたいのにできない、というのが私の一生のテーマになったみたいな気がします。

いつのまにか、望みがかなわない人を主人公に、小説を書きはじめました。

ほんとの夢は、小説を書くことだった、と思うことにしてます。

夢がかなった人を主人公にしたことは一度もないです。

この数年、最後の小説に、夢のかなった幸福な主人公を書いてみようと努力していますが、うまくいきません。

でも、書けなくても、幸福です。書きたいと思えるだけで、いいです。


（「うえの」二〇一九年十月号）

ねずみの抱負

昨年の十一月に七十一歳になったと思ったら、年があけて子年がきて、六回目の年女になった。前回の子年は還暦が重なって、年賀状に一枚残らず、今年は還暦です、と威張るみたいに勢いよく書いた。今年は、何も書かず、寡黙な感じになった。昨年で教員勤めを定年退職した。のんきに好きなことをやって楽しく日々を送っているのだけど、その楽しさをうまく伝えられない。

自由になってから、時間が、川の水のように流れる感じでなくて、空を流れる大きな雲のかたまりのように軽々と音もたてずに動いて、どこへともなく消えてゆく感じがする。そんな空を見上げて、自分はものすごく希薄な感じ。心は軽いけど、少しさびしい。

この先の目標？　と戸惑う気持ちが胸に漂う。

七十歳の定年まで勤めを頑張ることだった。その先に新しい未来が待っているような気がしていた。

いざその時が来たのに、少しも新しい感じがない。頭が働かない。

ぼんやりと母と妹のことを思いだしては自分を重ねてしまう。

母は同じ子年で、九十一歳まで生きた。でも晩年の十五年、認知症を患って、独り暮らしがしたい、と言い募りながら施設で寿命を終えた。

妹は、六十歳のときに病気で急死した。まだやりたいことがたくさんあるのに、と本人もびっくりしながら寿命を終えた。

未来より今だと思うようになった。

今やりたいことって何だろ？

そこからスタートを切り直すことにした。

夫にたずねてみた。

何か、これからやりたいことってある？

今までやりたくてできなかったこととか。

君は？

聞き返されると、わりと迷いなく答えた。

あとひとつ小説を書きたい。

全速力で走るトレーニングをしたい。

理由はない。ずっと、やりたいと思い続けていたことだ。それをずっとやり続けたいのだと改めてわかったら、しんみりした気持ちになって、結婚はしてよかったと思っている、と口にしていた。おかげで、小説を書き続けることができたし、体も健康になって、元気で生きていて、なにがやりたいか考えたりしているのは、それだけですごく幸せなことだと思う。

夫は、穏やかに微笑んで、今までだって好きなようにやってきたんだから、これからも好きなようにやりなよ、といった。

それを聞いて私は、夫は今までずっと、私が好きなようにできるように、努力してきたのだと、気がついた。

好きなようにやってきた実感は薄いのだけど、書きたいときに書いて、書きたくないときは書かない、というのが、好きなように、ということみたいだ。

運動して、老化で劣化しかかった体を若返らせて、全速力で走れるようにしたい、という願いを抱いて、四年前から通いはじめたジムのトレーナーをモデルに小説を書きたい、と新しい願いを抱いたのが三年前。昨年、当人にそのことの許諾を求めたら、好きなように書くのがよくないですか、といわれた。

二人に感謝して、よい未来がくるように、書いたり運動したりしようと思う。

（「うえの」二〇二〇年一月号）

美しい景色

今年は、コロナの心配が先にたって、季節の推移がよくわからなくて困りました。今まで季節の移ろいを当たり前のように感じていたのがよくわかりました。いつもと違う日常というのは、恐い、と思いました。昔の人の暮らしを想像しました。大変だったろうと思います。未知の病気が出現して、治療法がないから、あっという間に世界中に広がってしまう、という状況は、でも、いくら医学が進んだ現代でも、昔と変わらず、あるんですね。実際、エボラ熱とか、サーズとか、近い過去にも、たくさん経験しているんですね。改めてドキッとします。

いつまでも変わってほしくないこと、変わってほしいこと、いろいろありますけど、なかなか思うようにいかなくて、毎日、心が揺れています。世の中はどんどん発展し、自分はどんどん成長し、未来は輝かしい、と子供のころは楽天的に思っていましたが。

コロナが今後どうなるのか、まだはっきりしませんが、季節は秋の色を濃くしてきました。秋は正常に来た、と思ってほっとしています。ウィズコロナという新しい言葉にも現実にも慣れて、コロナより秋、という気分です。秋は大好きな季節です。

秋の美しい景色、が何より好きで、とくに、黄色い葉をたくさんつけた大木が光を浴びている情景が、反射的に浮かびます。実は、小学生のころ、友達が描いた絵なんですが、それが大好きで、七十年近くたっても、覚えていて、忘れられないのです。一目見て、きれい、と感激して、それきりずっと、それが世の中で一番美しい景色、と思い続けています。もともとしつこい性質で、一度思うと、ずっと思い続けるたちなんですが、でも、ほんとにきれいでした。秋になると、その絵みたいな景色を探して歩くんです。まだぴったりしたものに巡り合っていません。

小説のなかで、景色を書くのは楽しいです。一作にひとつは美しい景色を書く、というのを自分だけのひそかなルールというか約束事にしています。あんなふうにきれいな景色を、自分は絵はかけないから、文章で書きたいと思って。実際に小説のなかで主人公の目的地みたいな土地の美しい景色を書くと、全体が落ち着くような気がして。季節はたいてい秋で、植物と光は必ず書きました。

この作家は美しい景色を描く、と、ある時、黒井千次さんが作品評に書いてくれたことがあって、私は、大喜びしました。黒井さんがはじめて、そのことに気がついてくれたのです。黒井さんほど美しい文章を書く人を私はほかに知りません。飾って美しい文章というのでなく、ごくふつうの美しい文章を書く人です。そういう人に美しい景色といってもらえたのがとても嬉しかったです。そのときの景色は、夕方の山の描写で、全体に暗く、少しの夕日の残光が空をうっすら染めている、というようなものでした。

私の書く作品は、景色の描写以外は、汚くて、不格好だと、自覚しています。わざとそうしているのではありません。そのようにしか書けないので、その反動のように景色だけは、丁寧に美しく書きたいと思っているみたいです。

東京下町の工場地帯の水も空気も汚れた環境で生まれ育ったので、美しい景色は、日常のものではなくて、憧れでしたから。

友達の絵の記憶と、私自身が晩秋の十一月生まれということで、秋好きの私は、紅葉が染まりはじめる季節が、いちばん生き生きする気がします。季節の変化のはじめに、とくに心がわくわくします。コロナにもじゃまされたくないと思います。桜並木の葉がうっすらとピンクにそまりはじめました。ハナミズキの赤いつやつやした小さな実が路上にいくつも落ちています。キンモクセイの香りが遠くの木から流れてきます。秋は、空気が澄んで、景色の輪郭がくっきり浮き立って見える季節です。木の葉の色が日毎に変わって、時の流れが一日ごとに目に見えるようです。

その絵といっしょに展覧会で入賞して並んで飾ってもらった私の絵は、ぜんぜん覚えていないんです。並べてはいけないくらい、下手くそな絵だったので、恥ずかしかったことだけ覚えています。

（「うえの」二〇二〇年十一月号）

緑の景色

心はずむ五月がやってきました。この季節になると元気になります。きっと、昔、農学部の学生だったころの名残だと思います。私は、五月の青空と緑の植物が大好きで、小説を書くようになってからも、クライマックスの場面に五月の緑あふれる景色を描きたいという衝動にかられ続けました。小説のクライマックスも季節のクライマックスも、人間の生命力のクライマックスに重なると思っています。人間の心と美しい緑の景色はつながっていると思います。とくに樹木の、太陽の光を浴びて輝く、大量の緑の葉に心が奪われます。小説のいちばん大切なところで、主人公がその緑の葉に見とれていてほしいです。

ところで、私は最近、「緑字」というタイトルのふしぎな小説を読みました。円城塔さんの短編小説作品です。すみません、この作品を説明する力は私にはありません。コンピュータで描いた精密なトリックアートのようでした。

でも、強く心を引かれる部分が各所にあって、すごくたくさんのいろいろなことを思いました。何より、五月の輝く緑の季節が、見事に描かれている気がして、感動しました。同時に、命というか、エネルギーが燃え上がる瞬間をとらえた場面も見事に描かれている気もして、ほんとにびっくりしました。私のやりたかったこと、というわけではないけど、何だか、やり方はちがうけど、私の思っていたことが実現されている、と思いました。小説のような気もしないし、緑の景色が現実に書かれているわけでもないのに、そんなふうに、とても魅力的に錯覚に浸っている自分がいました。

この感じ、知ってる、と思いました。人様の書いた小説に、そういう既視感を抱いたのははじめてだったので、驚きが強いです。まったく違う、と言われるに決まっていますけど、違いすぎて比べるのがおかしいようなものですけど、でも、なんだか、同じだという気がして。

この小説について私の言葉で書くことがすごくむずかしいことがわかって、いま、とても困っています。言葉自体が異種なのだと思います。でもこの小説、好きです。読んでいると元気になります。小説のエネルギーが自分に流れこんでくる感じが、大好きな景色に見とれているときと同じです。

コロナが来てから二回目の五月が巡ってきました。この先どうなるだろうという不安はまだまだ続きそうです。思ったより早くワクチンができてよかったと喜んでいたら、なかなか思うように接種が進みそうになくてがっかりしたり。

でも、長引くコロナに私も漠然と命の危険を感じたせいか、今まで読まず嫌いだった本を読んでみたり、今までとは違う書き方で小説を書いてみたり。というより、本を読むのをやめていたのに読みはじめたり、書くのをやめていた小説を、また書きはじめてみたりして、新しい人格がちょっと顔を見せはじめています。

十九年ぶりに新しく小説集を出しました。自分では、これまでに出した三十冊くらいの小説のなかで、いちばん好きです。昔の自分が読んだら、なんというかわかりませんけど。以前は、嫌いな人やいやなことばかり書いていたみたいな気がします。今度のは、好きなものを探すやり方で書いたみたいな気がします。

これから、何をして生きていこうかと、迷っています。のんびりしなよ、と夫はいいますが、いいながら、これ、面白い、といって円城さんの小説を持ってきたりします。のんびりするのはむずかしいです。円城さんの小説を読んでから、私は、自分が何をどういうつもりで書いてきたのか気になって、全部、読み直したくなっています。いつか使うつもりでいたメモの山も捨てはじめました。この先、どうなるか、心配です。外は天気がよくて、空気がとても明るく輝いているのに。

いま、自分が高齢者ではなくて、若者だったら、ぜんぜん違うことを思うのだろうし、円城さんの小説を読んだ感想もたぶん違うんだろうと思います。わかろうとしなかったと思います。わかる気もしなかったろうと思います。未来を心配することもなかったんじゃないかと思ったりします。一度しか生きられないことが、大事なんだろうと思います。

（「うえの」二〇二一年五月号）

あとがき

　この本を読んでいただいて、ありがとうございました。たぶん、これは私の最後の本です。そのつもりで出版しています。で、このエッセイ集の十ヵ月前に、最後の小説集を、同じ田畑書店から出版していただきました。自分なりに小説というものを大事に思って、長く書き続けてきましたが、その結果、それなりの自分の決めたゴールにたどりついたような気がしたので、「小説」というタイトルで一冊にまとめたものです。自分の思う小説はこういうものので、長い間書いてきても、漠然とした理想のイメージは変わらなかったし、イメージに近いものができたので、終わりにしよう、と自然にそんな気がしましたので。

　それで、小説以外の短い文章が山のように残っていることに気がつきました。エッセイの類ですが、これは私の場合、小説を書いたおまけのようなもので、小説を書かなかったら、エッセイを書く機会はなかったはずです。小説を書くことにしか興味がなかったので、小説だけは本能的に一所懸命に書きますが、小説以外では、なにを書くにしても悪戦苦闘するしかなくて、本当に苦手な作業でした。あとになってもめったに読み返すこともなくて、反省して練習することもしませんでした。小説が得意ということはありませんが、好きと苦手が小説とエッセイでした。

でも、今回、小説を書き終えて、人生の整理をするような気持ちで残されたエッセイ群を最後の別れのようにあらためて読み返してみたら、驚いたことに、想像とまったく異なる景色が見えてきました。

小説に関する文章、文科と理科の違いに関する文章の類が意外に多くて、それは熱心に書かれている上に、小説の文章より迷いがなくて、楽しそうでした。そんなことを思っていたら、田畑書店の編集者氏から、理系のエッセイ集をつくろう、とテレパシーみたいに声がかかりました。

小説は想像と妄想で書きますけど、理系のエッセイは経験で書きました。小説のことはいつも思っているので、あまり迷うことはありません。そういうわけで、このエッセイ集で書いた文章は、素の私が作者です。小説のなかの私より素の私の方がしっかりしています。

ほぼ三十年分の文章ですが、ほとんど変化がありません。三十年かけて自分の理想に近い小説が書けたのはとても嬉しいです。三十年分の経験と知識が必要だったのかと思います。

おまけに見えて実はこちらが本当の主人公だったのかと思えます。順調に三十年分の成長を遂げたのだと誇っていいでしょうか。本人としては満足です。

今後のことは考えていません。今までも自分で決めたことは、小説を書く、ということだけでしたので。何か自然な波が来たら、そのときに判断します。文章はふしぎです。書きたい気持ちが生まれれば、その書きたい気持ちにつられて、次第に一直線になってゆきます。一直線になったら書く、それだけです。

増田みず子

増田みず子（ますだ　みずこ）
1948年、東京に生まれる。東京農工大学農学部卒業。77年、「死後の関係」が新潮新人賞の候補となり、小説家としてデビュー。その後「個室の鍵」「桜寮」「ふたつの春」が連続して芥川賞候補（その後も合わせて計6回）となる。85年、『自由時間』で野間文芸新人賞、86年、『シングル・セル』で泉鏡花賞、92年、『夢虫』で芸術選奨文部大臣新人賞、2001年、『月夜見』で伊藤整文学賞をそれぞれ受賞する。著書として他に、『自殺志願』『降水確率』（以上、福武書店）、『鬼の木』『火夜』（以上、新潮社）、『夜のロボット』『水鏡』（以上、講談社）、『禁止空間』『風草』（以上、河出書房新社）ほか多数。なお、2020年にほぼ20年ぶりとなる創作集『小説』を田畑書店より刊行した。

田畑書店

理系的《りけいてき》

2021年9月10日　印刷

2021年9月15日　発行

著者　増田《ますだ》みず子《こ》

発行人　大槻慎二

発行所　株式会社 田畑書店

〒102-0074　東京都千代田区九段南3-2-2　森ビル5階

tel 03-6272-5718　fax 03-3261-2263

本文組版　田畑書店デザイン室

印刷・製本　中央精版印刷株式会社

Printed in Japan

ISBN978-4-8038-0387-7 C0095

定価はカバーに表示してあります

落丁・乱丁本はお取り替えいたします